MARIE MODIANO

Mur de nuages

roman

l'arbalète gallimard

l'arbalète

collection dirigée par
Thomas Simonnet

Pour Peter

MUR DE NUAGES : (Météorologie) Renflement nuageux en forme de piédestal sous un orage.

CHAPITRE I

La Maison des enfants du désert — La piqûre du scorpion — Visions prémonitoires de la ville de Vera Sol — Adoption

Lantos pensait souvent qu'un ange le suivait. Il se tournait vers lui et lui demandait des conseils. L'ange lui répondait alors dans une langue inconnue qu'il comprenait parfaitement. Des paroles à voix basse qui ressemblaient à un long râle, mêlé de mots aux nuances exotiques. Il ignorait si l'ange existait ou non, et d'ailleurs peu lui importait, il était là pour lui. Compagnon des jours sombres comme des jours heureux.

Lantos souffrait de sa taille depuis l'enfance. Sur des jambes maigres et courtes était posé un buste imposant, musclé et bien trop large. Le cou était robuste, avec des veines saillantes. Un peu plus haut, une tête fine presque féminine, avec un nez d'enfant, une bouche dont les lèvres roses et charnues semblaient maquillées. Ses yeux d'un vert profond lui donnaient parfois un regard *stupide*, et laissaient les gens perplexes. Impossible de savoir ce qu'il se passait à l'intérieur de ce crâne, leur couleur était tellement opaque... *Du jamais-vu*, disait-on.

Abandonné à la naissance derrière la caisse automatique d'une station-service, sur la nationale W19, à quelques centaines de kilomètres de la ville, il n'avait jamais rencontré ses parents. Un agent de sécurité avait entendu des cris et découvert un nourrisson affamé, sévèrement brûlé au visage après être resté plusieurs heures sous un soleil écrasant. C'était un miracle qu'il soit encore en vie. Le bébé fut immédiatement placé à la Maison des enfants du désert, le plus grand orphelinat de la région, situé au milieu du désert de Taromage.

Il y passa les six premières années de sa vie, dans le bâtiment F Nord qui longeait l'autoroute. La poussière et le sable emplissaient l'air tel un filtre laiteux qui troublait la vue et le laissait libre de vaquer à toutes sortes d'imaginations. On pouvait rêver qu'on était dans n'importe quel endroit, à l'exception de celui où l'on se trouvait. Il fallait juste oublier le bruit assourdissant des camions et des voitures, qu'on entendait dès qu'on ouvrait une fenêtre ou qu'on mettait le pied dehors.

Les membres du personnel de la Maison des enfants du désert accomplissaient leur travail, sans bonté ni tendresse, ou même pitié face à tous ces minuscules laissés-pour-compte. Lantos, comme ses condisciples, ne prononça son premier mot que très tard. Les enfants n'échangeaient que de rares paroles et se comportaient entre eux comme des petits animaux au regard vif, méfiants et toujours aux aguets. Nourriture, sommeil, nourriture, sommeil, courir, se cacher, dormir, manger... Ils jouaient la plupart du temps en silence, lâchant des petits cris graves ou aigus selon l'émotion qu'ils tentaient d'exprimer. Il n'était pas rare d'entendre des hurlements la nuit provenant des dortoirs, qu'aucun adulte ne venait apaiser. Les orphelins se rendormaient, tremblant de peur, baignant dans leur sueur ou leurs excréments, faisant corps avec la plus grande des solitudes qu'est le sentiment d'abandon.

Il ne gardait de ces instants qu'un souvenir diffus, fait de multiples impressions, toutes plus désagréables les unes que les autres. À quoi pensait-il alors ? Il n'aurait pu répondre à cette question. Il avait survécu au pire et il était capable de résister à toute forme de malheur. Tout n'était qu'une mauvaise blague qu'il acceptait avec résignation. Sans broncher. Il se contentait de hausser les épaules face à l'absurdité de l'existence. Absurdité que ses géniteurs se soient un jour rencontrés bibliquement. Absurdité d'être né. Absurdité de ne pas avoir encore été rappelé dans les ténèbres. La fuite lui apparaissait la seule issue possible, la récompense que l'on doit mériter comme le chien mérite sa pâtée journalière. Il n'en pouvait plus de ces journées interminables à attendre que quelque chose se passe dans un lieu où il ne se sentait nulle part à sa place.

Un jour qu'il jouait sous un soleil de plomb, pieds

nus, il aperçut dans le sable une forme étrange qui bougeait. L'insecte était de couleur marron, la queue en arc de cercle. Lantos s'amusait à tenter de l'attraper de ses petites mains. Une sorte de course-poursuite s'engagea entre l'insecte et l'enfant. Soudain une douleur intense lui fit pousser un tel hurlement qu'on aurait pu l'entendre de très loin, au bout du désert de Taromage. Il perdit connaissance. La bête qui venait de lui transpercer la paume n'était autre qu'un scorpion *Centruroides*, une des pires espèces au monde, au venin mortel.

La fièvre dura plusieurs jours, les infirmières de la Maison des enfants du désert injectèrent toutes sortes de médicaments dans ses petites veines transparentes, sans trop y croire. Le personnel se sentait obligé de le maintenir en vie, mais attendait avec une forme d'impatience le moment où le petit allait rendre l'âme.

Lantos plongea dans le coma. Il n'avait jamais connu jusqu'ici de moment plus doux. Il était enfin libre, dans un monde où la solitude, les dortoirs et les tempêtes de sable n'existaient pas. Le soleil ne le brûlait pas, il y avait des arbres et des fleurs qui lui offraient ombre et refuge dès qu'il le désirait. Il crut voir ses parents au détour d'une promenade, ces deux étrangers qu'il ne connaissait pas. Ils marchaient lentement vers lui, un sourire illuminant leurs visages au teint de porcelaine. Ils semblaient s'approcher, mais ne l'atteignaient jamais, comme si un mur invisible les séparait. Il ressentait une sorte de joie mêlée à quelque chose de très triste, qu'il n'avait encore jamais éprouvé auparavant. Comme un trou dans son cœur qui laissait passer un air froid et lui faisait mal à chaque inspiration.

Une autre vision plus floue revint souvent pendant sa maladie : il se trouvait dans une ville inconnue. Elle s'étalait en bordure d'un océan, des immeubles gigantesques s'alignaient en son centre, entourés de constructions moins hautes et plus anciennes en brique rouge. Plusieurs collines s'élevaient dans cette cité étrange, si bien qu'on avait l'impression que les rues qui la traversaient étaient comme les rails d'un grand huit de fête foraine. Il était presque impossible de gravir ou de descendre ces avenues tant certaines étaient raides. Des tramways aux couleurs pâles servaient de lien entre ce que l'on nommait *la ville basse* et *la ville haute*.

Cet endroit que Lantos arpentait derrière ses paupières, sans y être jamais allé, existait bel et bien. C'était la grande ville de Vera Sol située à plus d'une centaine de kilomètres au nord de la Maison des enfants du désert.

L'immense métropole était, disait-on, la ville de l'hémisphère Nord la plus proche du soleil, les premiers arrivants l'avaient bâtie tout le long de la côte. Au fil des années, la classe dominante s'était éloignée du centre-ville devenu trop dense et trop violent. Des villas luxueuses et imposantes avaient poussé comme des champignons sur les quatre collines qui délimitaient Vera Sol. Des lignes de tramway avaient été construites. Les habitants de la ville basse travaillaient désormais pour ceux de la ville haute. À la nuit tombée, ils redescendaient vers leurs logements vétustes.

Les écarts se creusèrent de plus en plus. Les riches de plus en plus riches, les pauvres de plus en plus pauvres. Certains coins de la ville basse étaient de vastes dortoirs à ciel ouvert où l'on se battait pour installer son bout de carton sur le trottoir. Armée des ombres, les sans-abri étaient innombrables et avaient leurs propres lois pour survivre face à la violence de la rue. La misère gangrenait le bitume au point que les autorités ne s'aventuraient presque plus dans cette jungle urbaine.

Lantos était perdu dans les limbes de son songe comateux quand, au bout d'une semaine, la fièvre se mit à baisser et son visage reprit peu à peu quelques couleurs. On aurait dit à présent que l'enfant dormait paisiblement. Impossible de soupçonner, en le regardant, qu'il venait de gagner un long combat contre la mort.

Le soir du huitième jour, il ouvrit un œil, puis l'autre. Il était seul dans la chambre, il faisait nuit. Lantos, aussi jeune fût-il, comprit qu'il était retourné à la vie. Il ferma les yeux pour tenter de revenir au fond de lui-même, là où il avait été heureux et où il avait enfin trouvé refuge. Mais il était bel et bien conscient et réveillé, à nouveau prisonnier de la Maison des enfants du désert. Il se demanda alors s'il réussirait un jour à s'en échapper et à suivre le chemin de la grande ville qu'il avait traversée durant sa longue maladie.

Quelque temps après qu'il eut quitté l'infirmerie et retrouvé son dortoir du bâtiment F Nord qui longeait l'autoroute, un gardien vint lui dire sur un ton brutal que la directrice l'attendait dans son bureau. Il ne s'était encore jamais fait convoquer de la sorte.

Arrivé devant sa porte, il frappa doucement et une voix sèche lui dit d'entrer. La directrice était une grosse femme d'une cinquantaine d'années aux cheveux blond cendré relevés en chignon et au regard bleu perçant. Lantos l'avait déjà croisée quelques fois au réfectoire, mais il ne l'avait jamais vue d'aussi près.

La directrice ne l'invita pas à s'asseoir et lui dit juste qu'il allait avoir six ans et qu'il lui fallait maintenant quitter l'orphelinat pour être placé dans une famille d'accueil de la région. Elle espérait qu'il se comporterait bien et qu'ainsi elle n'aurait plus jamais à entendre parler de lui.

— Est-ce bien clair? demanda-t-elle.

Il hocha la tête, les yeux baissés.

— La famille viendra vous chercher dans trois jours. D'ici là, pas de bêtises et surtout ne refaites pas joujou avec les scorpions dans le sable. Cela nous a coûté très cher, vous savez, nous aurions pu économiser beaucoup d'argent en vous laissant mourir. Vous pouvez nous en être reconnaissant.

Lantos n'avait aucune idée de ce qu'était *une famille d'accueil*. Il se disait pour se réconforter que tout serait mieux qu'ici, mieux que ces dortoirs à l'odeur nauséabonde, que ce sable omniprésent qui se glissait jusque dans les draps sales, et provoquait de telles démangeaisons qu'il lui était souvent impossible de trouver le sommeil. Il n'était pas triste non plus de quitter ses condisciples. En presque six ans de vie passée à la Maison des enfants du désert, il n'avait trouvé aucun ami, ni aucun réconfort auprès de quelqu'un. Les enfants souffraient bien trop pour parvenir à accorder leur confiance. Chacun affrontait son propre destin sans se préoccuper du reste.

Le lendemain, un nuage attira l'attention de Lantos, assis dans le sable, à l'ombre du bâtiment principal. Le nuage avançait lentement. Jusqu'ici il n'avait remarqué que des cortèges blancs défilant à grande vitesse et qui lui donnaient mal à la tête s'il essayait de les fixer du regard. Cette épaisse forme laiteuse ne ressemblait à aucune autre : elle se découpait parfaitement dans le ciel, d'un gris sombre ce jour-là. La masse compacte ne bougeait presque pas et paraissait imprimée dans le paysage. Lantos sentit alors quelque chose de rassurant lui traverser le corps, comme si la présence de ce nuage le protégeait. Il imagina qu'il grimpait sur une immense échelle et parvenait à l'atteindre et à trouver abri en son centre. Il s'échappait de cette terre, voyageant au-dessus de tout. Avec cette vue panoramique, il saisissait soudain le sens de son existence. Il n'avait pas encore six ans, mais savait qu'un jour viendrait où il serait enfin prêt à découvrir le monde. Le nuage l'attirait infiniment. *Haut, très haut. Blanc, très blanc. Personne ne pourra jamais me retrouver*, se dit-il. *Je ne redescendrai plus, poussé vers de nouveaux horizons, au gré du vent... Peut-être traverserai-je un océan?* Dans un livre qui traînait dans la salle de vie commune, il s'était longuement attardé sur une illustration présentant les fonds marins. Cette image l'avait beaucoup frappé et il aurait tout donné pour apercevoir, ne serait-ce qu'un instant, ces eaux d'un bleu profond. Le nuage avait beau avancer lentement, il avait fini par dépasser Lantos qui le regardait s'éloigner. Il se sentait d'un seul coup plus seul qu'il ne l'avait jamais été. *J'aurais dû saisir ma chance en m'enfuyant sur ce nuage*, murmura-t-il.

M. et Mme Soidnell vinrent le chercher le jour de ses six ans en fin d'après-midi. La directrice de la Maison des enfants du désert se tenait très raide, juste à côté de Lantos. Personne n'ouvrit la bouche. Il y eut des signatures, des échanges de papiers, puis la directrice dit froidement au revoir à Lantos.

Tous les trois sortirent du bâtiment, le vent de sable soufflait si fort qu'il fallait se protéger les yeux avec la main pour tenter d'y voir quelque chose. M. et Mme Soidnell précédaient Lantos de quelques mètres, il les suivait d'un pas traînant. Ils s'approchèrent d'un véhicule noir en très mauvais état, de type 4 × 4, ouvrirent les portières et Lantos courut pour les rattraper.

À l'intérieur de la voiture, une odeur de tabac froid imprégnait les sièges en cuir marron, usés et déchirés à de nombreux endroits. Lantos s'assit derrière. Au volant, M. Soidnell démarra, tandis que sa femme regardait tristement le paysage désertique où la tempête de sable gagnait en force. Elle se retourna vers Lantos, lui sourit et lui donna deux biscuits secs. Il les accepta, un peu méfiant.

Le moteur faisait un bruit assourdissant. Après plusieurs heures de route, sans un mot, M. Soidnell alluma la radio et un air rythmé vint rompre le silence. Lantos n'avait encore jamais entendu de musique et il se mit machinalement à battre la mesure de la tête.

On ne distinguait toujours pas grand-chose à l'extérieur, il crut apercevoir au loin des formes vertes qui ressemblaient à des arbres. *Est-ce que la demeure de ces personnes se trouve en dehors du désert de Taromage ? Il existe donc quelque part ces lieux bordés de rivières et de clairières, où poussent des fleurs de multiples espèces et couleurs et où des fruits pendent sur les branches des arbres...*

Ils roulèrent longtemps avant d'arriver dans une petite ville traversée par une route nationale longée de part et d'autre de bâtiments bas, la plupart ne comportant qu'un étage. Lantos se frotta les yeux afin de chasser le sommeil qui le gagnait et son regard se fixa sur une enseigne bleue qui clignotait au loin.

M. Soidnell gara la voiture. Mme Soidnell vint ouvrir la portière et prit Lantos par la main. C'était la première fois que quelqu'un avait pour lui un geste attentionné. La main de Mme Soidnell était douce et chaude. Il trouva la sensation délicieuse et frissonna. Ils marchèrent plusieurs minutes ainsi, main dans la main, M. Soidnell les suivait. Il y avait toutes sortes de magasins aux devantures bariolées, des clients y entraient et en sortaient l'air affairé. Lantos n'était pas habitué à tant de vie autour de lui et la tête lui tournait. La nuit tombait, le ciel se teintait d'une couleur rose pâle qui rendait encore plus étrange tout ce qui l'entourait. Il serrait de plus en plus fort la main de Mme Soidnell.

Au bout de quelques minutes, leurs pas ralentirent et Lantos se dit qu'ils étaient sûrement arrivés à destination.

La peinture de la porte d'entrée était écaillée, il fallait gravir une dizaine de marches à l'extérieur de l'immeuble avant de l'atteindre. L'obscurité régnait maintenant et Lantos était fasciné par les lumières multicolores tout autour de lui. Il avait du mal à se dire que le matin même il se trouvait encore à la Maison des enfants du désert. Le cours monotone qui avait bercé son existence jusque-là lui semblait désormais un lointain souvenir.

On lui lâcha la main. Mme Soidnell prit dans son sac un trousseau de clefs et ouvrit la porte avec difficulté, comme si elle forçait la serrure. Ils se retrouvèrent dans un hall où des papiers froissés et de la nourriture jonchaient le sol. Ils montèrent un étage puis elle ouvrit une autre porte.

L'appartement était tapissé d'un vieux tissu qui avait pris une teinte marron. On entrait par un couloir exigu, le long duquel des vêtements étaient jetés en boule au milieu de jouets et de vieux magazines. L'endroit baignait dans une odeur d'épices qui l'étourdissait un peu plus encore.

Lantos entendit les cris d'un bébé puis une voix d'enfant qui chantait une berceuse. Dans le salon, une petite fille rousse d'environ huit ans tenait dans ses bras un nourrisson. Elle sourit à Lantos qui resta immobile, surpris de trouver d'autres personnes dans ce logement. M. Soidnell, qui n'avait pas prononcé un mot depuis le matin, s'approcha de la fillette et lui demanda d'une voix caverneuse :

— Tout s'est bien passé ? Est-ce que tu lui as donné les deux biberons comme nous te l'avions demandé ?

La petite fille hocha la tête en le regardant de ses yeux bleus d'aigue-marine.

Puis M. Soidnell se tourna vers Lantos :

— Je te présente Ulli, ta grande sœur, et bébé Noël, ton petit frère. Je m'appelle Nevel Soidnell, je suis désormais ton père.

Puis, se tournant vers Mme Soidnell :

— Voici ma femme, Aloïse Soidnell, elle sera ta mère.

Lantos s'accommoda relativement vite à la vie chez les Soidnell.

Il partageait sa chambre avec Ulli et Noël. Les pleurs du bébé le réveillaient parfois, mais la présence de deux enfants le rassurait, ils étaient différents de ceux qu'il avait côtoyés à la Maison des enfants du désert. Ulli lui prêtait beaucoup d'attention, jouait aussi un peu à la maman avec lui : elle le bordait, lui racontait des histoires fantastiques. Il s'endormait alors bercé par sa voix. Dès le jour de son arrivée, il l'avait considérée comme sa vraie sœur. Ulli aidait à toutes sortes de tâches ménagères, la préparation des repas, le ménage, les biberons et les changements de langes de Noël. Elle était toujours de bonne humeur et ne se plaignait jamais. Lantos essayait de l'assister comme il pouvait, mais ses gestes étaient maladroits. Il se contentait de la suivre dans l'appartement, tel un chien qui ne veut pas quitter son maître. Un soir, alors qu'ils n'arrivaient pas à fermer l'œil tous les deux, Ulli lui avait dit à voix basse, dans le noir, qu'elle se souvenait des années qui avaient précédé son arrivée à l'orphelinat à l'âge de trois ans. Elle aussi avait été adoptée par les Soidnell à la Maison des enfants du désert, tout comme bébé Noël. Elle se rappelait le visage de sa mère et avait assuré à Lantos qu'elle aurait pu la reconnaître entre mille, même aujourd'hui encore. Ses yeux étaient identiques aux siens et ses cheveux bruns, coupés court au niveau des oreilles. Elle lui avait appris à faire des petits bouquets d'une fleur violette dont elle avait oublié le nom. C'était facile, il fallait juste faire des petits tas réguliers et les déposer dans un panier tressé. Les images qui lui restaient de son père étaient plus floues. Il avait une barbe et faisait souvent une blague où il prétendait que son nez était coupé en deux, chaque fois cela lui faisait très peur. Elle se souvenait de ces hommes qui avaient tambouriné à la porte en criant fort, un après-midi d'hiver. Ils cherchaient le père. Sa mère avait refusé de leur ouvrir et avait emmené Ulli se réfugier avec elle dans la chambre au premier étage. Les hommes avaient réussi à s'introduire dans la maison, elle avait entendu des bruits comme ceux que font les pétards, sa mère avait hurlé puis elle ne l'avait plus vue. Elle avait attendu seule, cachée dans la salle de bains très longtemps avant qu'une vieille femme vienne la chercher pour la conduire à la Maison des enfants du désert. Trois ans plus tard M. et Mme Soidnell étaient devenus ses parents adoptifs.

Nevel Soidnell était rarement à la maison, il partait travailler à l'aube et ne revenait que tard le soir une fois que les enfants étaient endormis. Lantos ignorait quel métier faisait M. Soidnell et n'osait pas le demander à Ulli, mais il croyait comprendre que c'était un travail difficile. Le visage de M. Soidnell était la plupart du temps grave et creusé par la fatigue et quand Mme Soidnell lui posait des questions, il avait souvent du mal à répondre, comme si chaque mot lui demandait un effort surhumain. Il fermait les yeux assis dans son fauteuil et s'endormait ainsi au beau milieu de l'agitation qui régnait dans le salon, des jeux de Lantos et Ulli, des cris du bébé, des allers-retours incessants de Mme Soidnell qui s'affairait en cuisine.

Une fois, Lantos avait cru que M. Soidnell était mort tant son corps était immobile, comme s'il ne respirait plus. Il s'était approché et lui avait légèrement tapoté sur la main, M. Soidnell avait sursauté, ouvert les yeux, jeté un regard fixe devant lui, puis s'était rendormi.

Aloïse Soidnell ne parlait pas beaucoup non plus et portait en elle une tristesse contagieuse. Il suffisait de la frôler dans le couloir pour qu'une belle journée ensoleillée s'assombrisse brusquement. On l'entendait souvent sangloter derrière la porte de sa chambre, mais ni Ulli ni Lantos ne se serait aventuré à aller la voir. Mme Soidnell n'était pas méchante, elle semblait perdue dans ses pensées et même les gazouillis et les sourires du bébé la laissaient indifférente. Pourtant, de temps en temps, elle posait un tendre baiser sur le front des enfants avant d'éteindre la lumière de leur chambre, comme si une autre personne avait soudainement pris possession d'elle.

L'appartement était petit et peu commode, le désordre envahissait le salon, la chambre des enfants et celle des parents. Il était impossible de ne pas trébucher sur quelque chose : un matin très tôt alors que Noël avait une crise de pleurs, Ulli essaya de le consoler en le berçant et se cogna sur le bord d'un objet métallique et pointu – un vieil arrosoir abandonné entre la cuisine et le couloir. Le choc fut si violent qu'elle laissa tomber le nourrisson. Noël poussa un tel hurlement que M. et Mme Soidnell accoururent, à moitié endormis. Noël ne cessait de pleurer. Ulli et Mme Soidnell sanglotaient elles aussi. Lantos était terrifié. Seul Nevel Soidnell restait stoïque. Il prit calmement le bébé dans ses bras. Il le consola en lui caressant la tête et en lui chantant une chanson étrange. Le petit s'arrêta de crier et le regarda de ses grands yeux, il se mit même à rire, sans pouvoir s'arrêter. Ulli et Mme Soidnell séchèrent leurs larmes.

Seul Lantos ne put contenir son chagrin, il regagna sa chambre et s'étendit sur son lit. Les yeux lui brûlaient, il repensait aux longues journées à jouer seul dans le sable et aux bruits terrifiants du dortoir de la Maison des enfants du désert. Il sentit une douleur sur le côté gauche, à l'endroit du cœur, exactement la même que celle qui l'avait traversé durant son rêve, tandis qu'il essayait en vain d'atteindre ses parents. *Je suis de trop, même ici. Il ne peut y avoir de joie près de moi, seulement la peur, seulement des pleurs... Pourquoi cela changerait-il à présent ?*

Ulli vint s'allonger près de lui, lui caressa la tête puis l'embrassa sur la joue :

— Ne t'inquiète pas. Tout va bien maintenant. Je suis là et je veille sur toi, essaye de te rendormir... C'est ta dernière journée de liberté aujourd'hui, après-demain nous prendrons le chemin des classes, tu n'es encore jamais allé à l'école... Tu vas voir, il y a plein d'enfants comme nous.

CHAPITRE 2

Dans une petite chambre de la ville basse — Carte de visite : Martin Rusk — Le désespoir de Fryda — Paul Colsson — Tramway sur la colline des Métaux, rendez-vous et promesse d'avenir

Lantos posa son crayon à papier, referma le cahier à fines rayures bleues que lui avait offert Fryda, puis se leva. Il se posta à la fenêtre, c'était le mois de janvier, le thermomètre était descendu en dessous de zéro degré. Depuis quelques jours plus aucun sans-abri n'avait pris le risque de poser un carton sur le bitume et de s'installer dehors pour la nuit. Les plus chanceux avaient trouvé refuge dans les divers foyers du quartier, quant aux autres, ils avaient probablement rendu l'âme.

La rue était vide, seul le néon de l'épicerie du coin trouait la brume hivernale de sa lumière blafarde. Il faisait déjà sombre, pourtant il n'était que deux ou trois heures de l'après-midi. Fryda était au travail. Elle avait trouvé un emploi d'hôtesse depuis deux semaines dans un grand magasin. Elle devait présenter de manière insistante tel ou tel jouet devant le nez des enfants, s'adapter à l'âge de chacun en devinant ce qui pourrait leur plaire. Les bambins piquaient de telles crises de rage quand on leur refusait un jouet que les parents finissaient le plus souvent par céder.

En général, Fryda ne tenait pas très longtemps quand elle était embauchée quelque part, elle finissait toujours par insulter ses patrons ou se brouiller avec ses collègues. Elle en était même venue aux mains plusieurs fois et il n'était pas rare qu'elle se retrouve enfermée quarante-huit heures dans une cellule crasseuse d'un commissariat de police de la ville. Elle rentrait alors penaude à la maison, se blottissait contre Lantos en gémissant comme une malheureuse qu'elle n'était pas faite pour travailler. Et elle avait bien raison : il n'y avait que quand elle chantait qu'elle était pleinement elle-même. Sa voix suave était magnifique et ne correspondait pas du tout à son physique, il suffisait qu'elle entame une mélodie pour devenir belle.

Lantos et elle s'étaient connus dans le petit bar Violette à l'angle de l'avenue de l'Ouest et de la rue aux Mages. Chaque jeudi, l'endroit accueillait de nouveaux numéros et Lantos était venu présenter ce soir-là quelques-unes de ses chansons en s'accompagnant à la mandoline et à l'harmonica, tandis que Fryda avait chanté des standards en plaquant des accords maladroits sur un vieux piano électrique.

Lantos avait du mal à se souvenir des détails de leur

première rencontre. C'était il y a plusieurs années, au début du printemps. *Est-ce que ce moment a bien existé?* se demandait-il parfois. *Elle joue mal du piano*, voilà ce qu'il avait pensé quand il l'avait découverte sur la minuscule scène du bar. *Son toucher est lourd, elle soupire et donne un coup de pied dans le vide à chaque fausse note, c'est exaspérant.*

Elle était si faiblement éclairée qu'il n'avait aucune idée de son apparence, mais quand elle avait commencé à chanter, tout avait soudain disparu autour de lui. Il n'avait jamais entendu un timbre aussi particulier que le sien. Elle avait repris *Smoke Gets In Your Eyes* et son interprétation, à la fois puissante et mélancolique, lui avait donné envie de la rejoindre sur scène et de mêler sa voix à la sienne.

Lantos se rappelait lui avoir adressé la parole à la fin de son numéro, puis ils s'étaient assis l'un à côté de l'autre dans la salle et avaient écouté les autres artistes. Il était parvenu à mieux distinguer ses traits et avait été surpris qu'elle soit si maigre. En l'entendant chanter, il avait imaginé quelqu'un aux formes généreuses. Ses cheveux frisés et bruns lui tombaient aux épaules, elle était très maquillée.

Il était tard quand ils étaient sortis de chez Violette. Lantos avait déjà bu plusieurs gin-tonics et peinait à marcher droit. Fryda lui avait dit qu'elle s'était séparée d'un garçon depuis plusieurs semaines et qu'elle était désormais obligée de loger chez une amie barmaid qui habitait avenue Van Frack.

Lantos lui avait proposé de venir chez lui. Il était installé depuis peu à l'hôtel social, après des années à alterner des périodes à la rue et d'autres où il réussissait à trouver une place dans un foyer de la ville basse.

La tête me tourne à cause de l'alcool...

Quand Lantos s'était réveillé le lendemain matin à côté de Fryda, il ne se souvenait pas de grand-chose et avait une forte migraine. Ils avaient bu du café en silence. Il n'avait trouvé aucun sujet de conversation et en avait ressenti de la gêne. Une fois sa tasse terminée, elle était allée se recoucher sans lui adresser la parole. Ainsi avait débuté leur histoire.

Deux jours plus tard, Fryda avait apporté une valise remplie de vêtements et quelques menus objets. Lantos avait senti qu'il était trop tard pour reculer et s'était résigné à la situation. Il avait appris à la connaître peu à peu : Fryda ne parlait pas beaucoup, le plus souvent, quand elle ouvrait la bouche, c'était pour se plaindre ou râler contre quelqu'un. Lantos n'avait jamais le courage de la contredire, il l'écoutait d'une oreille distraite et acquiesçait à chacune de ses remontrances. Elle n'évoquait jamais son passé et esquivait toutes les questions qu'il lui posait pour savoir d'où elle venait. Seule sa voix quand elle chantait lui plaisait, ainsi que les moments d'intimité qu'il partageait avec elle. Une année était passée, puis une deuxième et une troisième, une quatrième... Cela faisait désormais cinq ans qu'elle était entrée dans sa vie, sans qu'il n'ait jamais vraiment compris pourquoi il avait laissé faire les choses.

Lantos se sentait faible et déprimé. Ses dettes ne lui laissaient pas l'esprit tranquille et les moments de tension qu'il traversait avec Fryda lui mettaient le moral à zéro. Il allait bientôt avoir vingt-sept ans et il lui semblait qu'il avait déjà perdu trop de temps. Ses errances dans la rue, perpétuels vagabondages, tant d'horizons non entrevus, tant d'occasions ratées et de rencontres inutiles... Il avait l'impression d'avoir vécu une centaine de vies et aucune ne lui avait vraiment plu. Quelque chose d'important allait-il enfin se passer? Quelque chose de grand auquel il ne se serait pas attendu. Il s'était toujours senti loin de lui-même, comme si cet étrange corps dans lequel il était enfermé ne lui appartenait pas. Lantos ne cessait de flotter ailleurs, tout en poursuivant une sorte de rêve qui lui apparaissait de plus en plus lointain au fur et à mesure que les années passaient.

Quand je suis arrivé ici, il y a plus de treize ans, je n'aurais jamais pu imaginer ce qui m'attendait. Avais-je une idée précise de ce que j'étais venu chercher à Vera Sol? Aurais-je fait demi-tour si j'avais su? Pour aller où? Les Soidnell ne voulaient plus de moi, de toute façon... Ils m'ont tenu responsable de la mort d'Ulli. Responsable de la mort de ma propre sœur... J'étais un témoin impuissant, rien d'autre. Certainement pas un coupable... Après l'enterrement, il me fallait partir au plus vite. Quand j'ai glissé la lettre sous l'oreiller de Noël, j'ai regardé son visage qui dormait en me disant que c'était peut-être la dernière fois que je le voyais... Je devais lui dire au revoir par écrit, dire où j'allais, rien que pour garder l'espoir qu'il me rejoindrait peut-être un jour. J'avais la dernière adresse de notre ami, Aberoze, et comptais lui rendre visite dès mon arrivée. Ma mandoline a rendu le temps du chemin moins long. Parfois je jouais en échange d'un toit pour la nuit et quand je n'apercevais aucune habitation à la ronde, mon pardessus à même la terre, je chantais pour les étoiles.

J'ai longtemps cherché Aberoze dans la ville basse, personne n'a pu me renseigner sur ce qu'il était devenu. Les mots de sa dernière lettre résonnaient en moi quand j'installais chaque soir mon bout de carton sur le trottoir. Seule la musique m'a maintenu debout et m'a permis de survivre en gagnant quelques pièces, je m'accrochais à elle. Durant les six premières années, j'ai joué plusieurs heures par jour sur la grande place du centre-ville, les engagements dans les bars ne sont venus que bien plus tard. Se confronter au public et aux autres musiciens a été une torture au début... J'avais l'impression que personne ne m'écoutait, qu'on se moquait de moi... Ces treize ans ont passé comme une seule et même journée... Avec l'impression de n'avoir cessé de tourner en rond durant tout ce temps-là. Parfois je me demande si les échecs successifs qui jalonnent mon existence ne sont pas tous liés à cette piqûre de scorpion... J'aurais dû mourir, mais je me suis réveillé. Cela le poursuivait chaque jour, comme un sort qu'on lui aurait jeté. La vie semblait se venger.

L'unique chose qu'il avait accomplie depuis le départ de l'orphelinat était son installation à Vera Sol, la ville qui lui était apparue durant son long voyage au fin fond de son inconscient. Comment donc avait-il pu connaître ses rues, ses boulevards en pente, ses tramways décatis ? La ville haute ? Et la ville basse ? Est-ce qu'il portait enfouis en lui des souvenirs précédant sa naissance ? Autant de questions auxquelles il n'avait pas de réponses. Il avait abandonné depuis longtemps l'idée de percer le mystère de sa présence sur terre.

Son regard se fixa soudain sur une carte de visite abandonnée au sol. Elle devait être tombée de la poche de son pantalon sans qu'il ne s'en aperçoive :

MARTIN RUSK

DIRECTEUR MARKETING

TAZIÈRE INTERNATIONAL

Voitures de sport depuis 1924

Téléphone : 312 72 79 / martin.rusk@taziere-international.com

Il mit du temps à se remémorer qui avait bien pu lui donner cette carte... Il se souvint que la semaine précédente, alors qu'il se produisait avec Fryda, comme chaque mardi soir, au Seven & Blue – un club de jazz qui existait depuis des décennies, qui s'était progressivement ouvert à tous styles de musique et brassait une foule assez variée –, un homme d'une cinquantaine d'années, en costume trois-pièces, était venu les féliciter après leur concert et leur avait dit qu'il cherchait des artistes pour assurer l'animation musicale d'événements privés. Si ça les intéressait, qu'ils n'hésitent pas à lui passer un coup de fil.

Au cours des dernières années, Lantos avait eu affaire à toutes sortes de charlatans, des engagements vaseux où on le faisait jouer pour rien. Il était devenu méfiant et quelque peu amer. Cela faisait si longtemps qu'il essayait de survivre en traînant sa mandoline et en chantant dans les salles les plus obscures de la ville, sans être parvenu à se faire un nom. Il était persuadé qu'il finirait comme il avait commencé à son arrivée, encore adolescent à Vera Sol : posté à un coin de rue à gratter des accords et à fredonner une vieille ballade, pour quelques pièces jetées gracieusement dans une casquette posée sur le trottoir.

Et pourtant, sa situation avait malgré tout connu plusieurs changements depuis ses débuts. Il avait réussi à dénicher cette petite chambre qui avait même une douche et des toilettes individuelles. Quand Fryda était venue s'installer chez lui, elle avait repeint les murs crépis et accroché des tissus colorés dans la pièce, si bien qu'on en venait presque à oublier qu'on se trouvait au beau milieu du quartier le plus pauvre de la ville.

Cependant, rien ne pouvait étouffer le sentiment d'insécurité qui rongeait Lantos du matin au soir. Il était impossible pour lui d'envisager ce que les autres appelaient *l'avenir*. Il se contentait juste de vivre au jour le jour.

Le bruit d'une bagarre éclata dehors. Il essuya la buée venue se former sur la fenêtre à cause du froid, colla son visage contre la vitre afin d'y voir quelque chose. Il parvint à distinguer trois silhouettes épaisses (ceux qui n'avaient pas de toit enfilaient souvent plusieurs couches de vêtements l'hiver afin de résister aux températures glaciales et au vent) qui gesticulaient comme de jeunes enfants tout en se tapant dessus. Il crut reconnaître Tini la Rouge et son jumeau, le grand Aden, deux figures incontournables de la ville basse. Le frère et la sœur n'avaient jamais connu autre chose que le bitume depuis leur naissance. On disait que leur mère leur avait donné vie par une nuit d'été, ici même, à l'angle du boulevard 5 et de la rue de Weiss, devant les grilles du petit square où les toxicomanes avaient trouvé refuge depuis plus de deux décennies. Tini la Rouge et son frère, le grand Aden, ne se déplaçaient jamais l'un sans l'autre. Tous deux approchaient à présent de la quarantaine et tout le monde se demandait comment ils avaient fait pour tenir si longtemps. Pour survivre, ils avaient exercé tous les métiers : tri des déchets, ménage et plonge dans les différents foyers des environs, deal de drogue, de la plus douce à la plus dure, proxénétisme, prostitution, vol à la tire, racket... Ils se faisaient respecter en semant la terreur et la plupart des habitants du quartier les craignaient comme la peste, mieux valait ne pas se retrouver nez à nez avec eux.

La troisième silhouette était maintenant au sol, le grand Aden lui donnait des coups de pied dans le ventre jusqu'à ce que la forme pliée en quatre cesse définitivement de bouger. Tini la Rouge tira alors son jumeau par le bout de la veste, et ils s'éloignèrent dans l'obscurité.

Les quelques pâtés de maisons des alentours regorgeaient d'innombrables personnages comme eux. À plusieurs reprises, Lantos avait voulu s'éloigner de cet endroit, mais c'était comme si quelque chose d'invisible, un aimant de malheur, le ramenait toujours à la ville basse. Il avait beau vivre désormais dans une chambre et toucher de faibles revenus grâce à ses quelques engagements dans des bars et des petites salles de concert, il savait au fond de lui qu'il était encore loin du but. De quel but, il l'ignorait, mais tout cela devait bien le mener quelque part, il en était persuadé. Sinon c'était encore plus absurde qu'il ne l'avait imaginé. Son équilibre était si fragile, il lui suffisait de faire un pas de travers ou juste un demi-pas pour se trouver de nouveau projeté à la rue.

Il savait qu'il ne pouvait compter que sur lui-même en cas de pépin. Ulli était morte depuis tellement longtemps, il gardait toujours en lui cette blessure, la perte de la seule personne qui avait réellement compté pour lui. *Ne traînez pas près des rails, c'est dangereux.* Pas une journée ne passait sans qu'il ne ressente le manque de sa sœur disparue. Il avait essayé à maintes reprises, même encore récemment, de contacter M. et Mme Soidnell, moins pour prendre de leurs nouvelles que pour savoir ce que Noël devenait, mais ils ne lui avaient jamais pardonné l'accident et la disparition d'Ulli. Ils ne lui avaient répondu que par un silence assourdissant.

— Tazière International, j'écoute.

— Je voudrais parler à Martin Rusk, s'il vous plaît.

— Qui dois-je annoncer ?

— Lantos Soidnell.

— Ne quittez pas, monsieur Soidnell.

Lantos patienta un bref instant, il sentait sa main moite sur le combiné du téléphone.

— Allô ?

— Allô... Est-ce que je pourrais parler à Martin Rusk, s'il vous plaît ?

— Lui-même.

— Oui... Je vous appelle... Nous nous sommes rencontrés au Seven & Blue la semaine dernière, je chantais avec la jeune femme aux cheveux bruns frisés... Lantos Soidnell... Vous m'avez donné votre carte après le concert, vous vous souvenez ?

— Oui, bien sûr ! Heureux que vous me contactiez aussi rapidement. Cela tombe bien, j'ai justement quelque chose qui pourrait vous intéresser, un événement en train de se monter qui aurait lieu dans les semaines à venir...

— Ah... Oui...

— Est-ce qu'on pourrait se voir avec votre amie dans mon bureau d'ici la fin de semaine ?

— Oui... Oui, évidemment...

— Parfait. Je vous propose que nous nous retrouvions

après-demain à trois heures. Tazière International se trouve sur la colline des Métaux au numéro 1083 de l'avenue 13. Demandez-moi à l'accueil, ma secrétaire viendra vous chercher.

— Nous serons là. À jeudi alors.

— À jeudi. Bonne journée à vous.

Lantos raccrocha, un sourire illuminait son visage. Un rendez-vous chez Tazière International sur la colline la plus réputée de la ville ! Il sentait qu'une porte venait de s'ouvrir et il attendait impatiemment de découvrir ce qui se cachait derrière.

Fryda n'était toujours pas rentrée de son travail. Il avait hâte de lui annoncer la nouvelle et savait que cela la rendrait heureuse. Ils ne s'étaient encore jamais aventurés ensemble sur la colline des Métaux. Il s'imaginait arpentant tous deux ses rues en pente, soulagés d'être enfin loin et au-dessus de la misère à laquelle ils étaient confrontés la plupart du temps.

Lantos ne savait pas du tout en quoi consistait l'événement qu'avait évoqué Martin Rusk, mais il se disait que Fryda et lui pourraient s'adapter à toutes les situations, ils avaient maintenant assez d'expérience.

Il repensa à la vieille mandoline sur laquelle il avait appris à jouer chez les Soidnell, quand il était encore enfant. À l'instant même où il avait effleuré les cordes de l'instrument la toute première fois, il avait su qu'il deviendrait musicien. Les mélodies et les rythmes qu'il avait alors inventés lui étaient tout de suite apparus comme le seul langage possible entre les sentiments qui habitaient son âme et ce qui l'entourait. Il n'avait en fin de compte jamais eu besoin de mots pour exprimer tout ce qui dormait en lui. La musique était devenue petit à petit sa langue, la seule qu'il maîtrisait parfaitement, sans bredouiller ni rougir de honte.

Fryda pénétra dans l'appartement l'air hagarde, elle ne lui jeta même pas un regard. Elle sortit une enveloppe de sa poche et se mit à compter des billets en soupirant :

— Ils m'avaient pourtant promis cette avance...

Elle enleva à la hâte les escarpins à petits talons qu'elle était obligée de porter pour son travail, se jeta sur le lit à plat ventre, la tête enfouie dans les bras. Quelques secondes s'écoulèrent sans qu'elle ne fasse le moindre mouvement. Puis Lantos entendit des sanglots étouffés ainsi que des reniflements, il vint s'asseoir sur le bord du lit et lui toucha les cheveux. Elle se dégagea d'un mouvement brusque, détourna sa figure barbouillée d'un maquillage dégoulinant et le dévisagea avec haine :

— Laisse-moi tranquille, hurla-t-elle en pleurant, tu ne comprends rien ! Tu ne comprendras jamais rien. Je ne suis pas faite pour travailler... JE NE SUIS PAS FAITE POUR TRAVAILLER, tu entends ? Ce n'est pas pour moi cette vie-là...

Elle replongea la tête dans ses bras comme une autruche, son corps était animé de spasmes, on aurait dit qu'une décharge électrique était en train de la traverser.

— Fryda, allez, ne t'en fais pas...

Elle lui répondit, le visage enfoui dans les oreillers :

— Arrête de me caresser dans le sens du poil, tu sais bien que je déteste ça... Tu ne sauras jamais ce que je peux ressentir.

— C'est compliqué de savoir ce que ressent quelqu'un d'autre que soi... Nous sommes tous si différents, à la fois proches mais...

— Tais-toi, tu dis n'importe quoi.

Les pleurs de Fryda redoublèrent de plus belle. Lantos ne savait pas quoi faire pour qu'elle se calme. Il se disait souvent qu'il serait mieux seul, sans avoir à anticiper ou soigner les vagues de désespoir et de colère qui rongeaient Fryda du matin au soir. N'avait-il pas, en fin de compte, toujours été seul ? Pourquoi donc s'obstinait-il à aller contre quelque chose de naturel ? La vie n'était-elle pas déjà assez compliquée ainsi, pourquoi donc devait-il s'encombrer de soucis supplémentaires ?

Il lui murmura à l'oreille :

— J'ai une bonne nouvelle pour toi. Pour toi et pour moi. Une bonne nouvelle pour nous...

Fryda ne bougeait toujours pas.

— Tu te rappelles le gars qui m'a filé sa carte de visite la semaine dernière au Seven & Blue ?

— Non.

— Mais si... Après notre concert... Celui qui était en costume-cravate... Eh bien figure-toi que je l'ai appelé aujourd'hui. Il voudrait nous embaucher pour jouer dans un événement. Nous avons rendez-vous avec lui après-demain dans son bureau sur la colline des Métaux... Tu m'entends ? Nous deux, sur la colline des Métaux...

Fryda se tourna légèrement vers Lantos, sans expression, le regard toujours vide :

— Tu es sûr qu'on peut faire confiance à ce type ?

— Puisque je te dis qu'il nous a donné rendez-vous !

Elle s'agrippa à son cou et l'embrassa. Il la prit à son tour dans ses bras et se dégagea un peu pour parvenir à déboutonner le chemisier fleuri bleu qu'elle portait au-dessus de sa jupe droite. Il adorait sa peau brune, qui dégageait une odeur de caramel mélangée à de la réglisse. Quand il plongeait la tête dans son décolleté, il avait l'impression de se perdre, étourdi par un sentiment d'excitation mêlé à une forte appréhension. Un vertige s'emparait alors de lui, comme s'il se trouvait au bord d'un précipice. Il aimait sentir ce danger et s'y jetait à corps perdu.

Au contact de Fryda, il parvenait à s'échapper de la vie. *Disparaître, afin de ne faire corps qu'avec l'air qui traverse les pièces, les rues, les paysages... Devenir invisible comme ce que l'on respire. Rentrer par les narines des gens, ressortir par leur bouche, monter vers le ciel avant de devenir un souffle de vent descendant vers l'océan... Plonger dans l'eau et explorer un autre monde en pleurant celui qu'on vient de quitter. Redevenir ce qu'on était à l'origine et flotter... Flotter.*

Fryda lui mordit soudain le lobe de l'oreille et lui fit mal. Mais il n'osa rien dire.

Après leur étreinte, elle s'endormit recroquevillée sur elle-même. La nuit était désormais tombée et Lantos, allongé sur le dos, les yeux ouverts, écoutait les bruits étouffés qui parvenaient de l'extérieur. De temps en temps, une voiture passait, quelqu'un criait au loin. Il aimait toutes ces sonorités que l'hiver offrait, comme si on avait placé une cloche en verre gigantesque sur la ville et que les bruits devenaient plus doux. En été, avec les fenêtres ouvertes, il entendait tout si distinctement, ça claquait de partout et il se sentait vite agressé. Il avait tenté à maintes reprises d'expliquer ce phénomène à Fryda. Mais à chaque fois, elle avait juste levé les yeux au ciel en lui disant qu'il cherchait toujours la petite bête, plutôt que se contenter de vivre, sans traquer le moindre détail, la moindre nuance qui façonnait ce sale monde dans lequel ils étaient bien obligés de traîner un moment.

Lantos avait passé tant de temps dans son enfance à traîner dans le sable, compter les papiers sales et les poussières, séparer les insectes morts des vivants, regarder la couleur du ciel et la forme des nuages qu'il en avait gardé un sens aigu de l'observation et développé une telle sensibilité que son odorat, sa vision et son instinct s'apparentaient davantage à ceux d'un animal qu'à ceux d'un être humain.

Non, il ne pouvait pas se contenter de vivre simplement comme lui demandait Fryda. Tout était à vif et c'est peut-être aussi cela qui faisait de lui un musicien si particulier. Il avait du talent, mais aussi un style : une façon de jouer et de chanter qui ne laissait personne indifférent. Même quand il se mettait à chanter une chanson toute simple, quelque chose de très complexe et lointain se dégageait de ses mélodies. Comme si elles venaient d'une période immaculée, préhistorique. Elles ressemblaient à la bande originale de ce qu'on appelle vulgairement *le commencement*. Le commencement de quoi? Impossible à dire, mais on ne pouvait comparer ça à rien.

Il avait encore du mal à se remettre d'un épisode qui s'était déroulé il y avait plus d'un mois déjà. Fryda était rentrée tard, il avait tout de suite remarqué qu'elle était ivre. Ses joues étaient écarlates, sa bouche pâteuse et Lantos avait peiné à la comprendre.

— J'ai rencontré le régisseur de Paul Colsson... De Paul Colsson, tu te rends compte? avait-elle bafouillé.

— Tu veux parler du chanteur?

— De qui d'autre, idiot? Il va jouer trois soirs au Forum cette semaine. Le régisseur m'a dit qu'il ne restait plus une seule place... C'est comme ça dans chaque ville, il affiche complet partout.

— Ah...

— Quoi *ah*? Tu ne devineras jamais ce que j'ai fait... Je lui ai parlé de toi.

— À qui?

— Tu fais exprès de ne pas m'écouter ou quoi? J'ai parlé de toi au régisseur de Paul Colsson.

— Tu lui as parlé de moi... Mais qu'est-ce que tu as bien pu lui dire?

— J'ai un peu menti... Je lui ai dit que Paul Colsson était ton héros et que tu rêvais de le rencontrer. Je lui ai aussi raconté que tu étais musicien et que tu donnerais tout pour recevoir quelques conseils de Colsson...

— Mais pourquoi tu ne lui as pas demandé ça pour toi? Pourquoi ce serait moi qui aurais besoin des conseils de Paul Colsson?

— C'est comme ça que tu me remercies? avait hurlé Fryda. Tu ne te rends pas compte de ce que j'ai fait pour toi... Quand je pense que j'ai passé plusieurs heures à t'organiser un rendez-vous avec Paul Colsson et que tu ne veux même pas y aller... Tout ça pour t'aider! J'ai envie de vomir.

— Je ne t'ai jamais dit que je ne voulais pas y aller. Quand ce rendez-vous doit avoir lieu et à quelle heure?

— Demain en fin d'après-midi au Forum, après leur balance. Je viendrai avec toi, évidemment, lui avait répondu Fryda, une expression de dégoût accrochée au visage.

Quand ils étaient arrivés dans l'immense salle de spectacle le lendemain, Lantos n'en avait pas cru ses yeux. Il y avait au moins deux mille sièges vides entre ceux de l'orchestre et du balcon. *Dans quelques heures le public va arriver*, avait pensé Lantos. *L'ambiance se fera plus électrique au fur et à mesure que le concert se rapprochera, puis Paul Colsson fera son entrée et la foule en délire criera son nom.*

— Hé, hé!

Un homme au loin leur avait fait signe sur scène. *Probablement le régisseur de Paul Colsson.* De nombreux techniciens arpentaient le plateau. Certains étaient en train de tracer un marquage au sol, d'autres accrochaient des spots lumineux sur des rames qui pendaient d'un très haut plafond. Au milieu de cette agitation, un homme d'une cinquantaine d'années, coiffé d'une casquette, une guitare en bandoulière, chantait des bouts de chansons en faisant régulièrement des pauses pour tester le son.

— Tu peux me mettre un peu plus d'aigu, Marco, s'il te plaît? Je n'ai pas le même retour que d'habitude... Oui, comme ça, c'est bien... Tu me montes juste le volume et ça sera parfait... Oui, voilà, impeccable. Pour moi tout roule, les gars. Merci à tous et à tout à l'heure!

Le régisseur était venu lui glisser quelques mots à l'oreille, alors qu'il était en train de regagner les loges. Paul Colsson s'était arrêté, avait fait un geste brusque de la main comme s'il voulait se débarrasser de quelque chose, avait donné un coup de talon sur le sol, puis était revenu près du micro :

— Est-ce que Lantos Soidnell peut venir me rejoindre ici maintenant?

Lantos avait à peine osé bouger. Il avait un tel trac que ses mains étaient toutes moites. Fryda lui avait donné un coup de coude.

— Mais vas-y... Qu'est-ce que tu attends, voyons!

Il se tenait à une vingtaine de mètres et s'était approché lentement. Il avait voulu faire demi-tour, mais savait qu'il n'avait pas d'autre choix que de rejoindre le chanteur. Il était pris au piège. Quand il était arrivé tout près de la scène surélevée, il s'était senti gêné car il n'avait pas su comment y accéder. Il avait tenu son visage levé vers le chanteur :

— Viens donc me rejoindre, lui avait dit Colsson.

— Par où dois-je...

— Je viens te chercher, avait lancé le régisseur.

Celui-ci avait disparu puis était réapparu quelques secondes plus tard par une petite porte à peine visible sur la droite. Lantos l'avait suivi et ils étaient passés par un sas encombré de machines où était assis un ingénieur du son, casque aux oreilles. Il s'était retrouvé à quelques centimètres de Paul Colsson qui lui avait tendu la main :

— Enchanté, Gyllo m'a dit que tu as besoin de conseils pour avancer dans ta carrière... Tiens, fais-moi voir ce qui se trouve dans ton étui, ça n'a pas la forme d'une guitare...

— C'est une mandoline, avait répondu Lantos, trop intimidé pour fixer son interlocuteur dans les yeux.

— Une mandoline ! Tu composes avec ? Original, dis-moi...

— J'ai appris à jouer dessus.

Lantos avait soudain été pris d'une violente quinte de toux, comme cela lui était arrivé souvent au cours des derniers mois. Plusieurs minutes étaient passées avant qu'il ne retrouve son souffle. Paul Colsson lui avait tapoté dans le dos :

— Ça va ? Tu ne m'as pas l'air très en forme, dis-moi... Respire un bon coup, profondément, oui, comme ça...

Voilà, c'est mieux, les couleurs te reviennent... Alors, montre-moi comment tu te débrouilles. Désolé, ce n'est pas très privé ici avec toute la technique qui bosse, mais mon emploi du temps est tellement serré...

Paul Colsson s'était mis à crier en direction de la salle :

— Max, s'il te plaît, coupe la lumière salle exactement comme quand je reviens pour le rappel et envoie-lui une douche. Je vais aller m'asseoir au fond, je me rendrai mieux compte de ce que ça donne.

Puis il s'était tourné vers Lantos :

— Allez, courage, c'est toujours intimidant de jouer comme ça, pour une poignée de personnes, ça me rappelle mes débuts... Oh là... C'était dur... Mais c'est comme ça qu'on apprend, non?

— Oui, c'est vrai..., avait bredouillé Lantos, en nage.

Quelques instants plus tard, Lantos avait commencé à chanter, ses mains tremblaient et sa voix avait du mal à atteindre les notes qui ne lui posaient aucun problème d'habitude. Il était conscient d'être mauvais et en rougissait de honte. Quand il était enfin arrivé au dernier couplet de sa chanson, il en avait éprouvé un profond soulagement. Des applaudissements clairsemés s'étaient fait entendre.

— Pas mal, Lantos... Non, vraiment..., lui avait lancé Colsson. Ce n'est pas mauvais. En tout cas, comparé à tout ce qui se fait aujourd'hui tu peux être tranquille, ça tient la route. Attends, je te rejoins sur scène.

Une fois près de lui, Paul Colsson avait insisté pour que Lantos prenne sa guitare.

— Je ne suis pas sûr de la mandoline. Tu ne trouves pas que ça fait un peu vieillot ? Tiens, essaye ça, une Dinker dont je ne me sépare jamais.

Il avait caressé l'instrument.

— Elle a plus de soixante-dix ans cette dame-là ! s'était-il exclamé dans un éclat de rire.

Lantos avait posé sa mandoline et commencé à jouer sur la guitare de Paul Colsson. Comme il n'avait pas l'habitude des cordes épaisses et de l'accordage, il avait peiné pour sortir un son correct.

— Ah oui..., avait dit le chanteur. Tout d'un coup, c'est comme une évidence. Ça te correspond plus, Lantos. Si tu veux continuer dans le métier, laisse tomber la mandoline, elle vient brouiller les pistes. Simplifie. Tu vas voir, si tu suis mes conseils, je ne serais pas étonné que tu perces... Bon, j'ai vraiment été ravi de te rencontrer et de pouvoir te donner un coup de main. C'est pas tout, mais je dois absolument souffler un peu avant le spectacle... Bonne chance à toi et à bientôt !

Quand Fryda et Lantos étaient sortis du Forum, une longue queue de fans était déjà postée devant l'entrée. Lantos était découragé. La rencontre avec Paul Colsson, loin de l'avoir aidé, lui avait ôté tout espoir. Il se sentait médiocre et transparent par rapport au chanteur qui l'avait écouté et aidé. *Jamais je ne serai comme lui. Il y a quelque chose chez Colsson... Il dégage une telle force... De la grandeur. De la gentillesse. Mais impossible de suivre ses conseils. Je ne suis que la moitié de moi-même sans mandoline, ce n'est même pas la peine d'essayer de jouer sans elle... J'ai grandi à ses côtés, j'ai survécu grâce à elle.*

Fryda s'était tournée vers lui :

— Tu vois que j'avais raison. Combien de fois je t'ai dit de laisser tomber cette vieille râpe à tristesse !

Le jour du rendez-vous avec Martin Rusk arriva enfin et Fryda passa près de deux heures à se préparer. Quand elle sortit de la salle d'eau, Lantos eut du mal à la reconnaître : son visage était peinturluré grossièrement et elle avait revêtu une robe brodée de paillettes vert émeraude au niveau de la poitrine, qui accentuait ses formes malingres.

— Alors ? lui demanda-t-elle.

Lantos lui sourit, se disant que s'il s'aventurait à faire le moindre commentaire sur son accoutrement, elle entrerait dans une rage folle, comme à son habitude. Il se leva, prit un mouchoir en papier dans la boîte posée près du lit, s'approcha et lui frotta délicatement les lèvres pour tenter d'atténuer la couleur orange et criarde qui déformait sa bouche et lui donnait un air de clown triste.

— Comme ça c'est mieux, on verra le dessin de tes lèvres.

Elle lui retira brusquement le mouchoir des mains.

— Mais qu'est-ce que tu fabriques ? Tu vas tout détruire !

Lantos savait qu'il était inutile d'insister. Après tout,

Martin Rusk leur avait donné sa carte de visite car il avait apprécié leur prestation. Il fallait avoir confiance en cela, c'était le plus important.

Lantos avait de son côté choisi un costume en velours noir (le seul qu'il possédait et qu'il portait quand il avait un engagement). Comme il n'avait pas toujours les moyens de l'envoyer au pressing, il se contentait la plupart du temps de le frotter avec une brosse adhésive pour enlever la poussière.

Ils sortirent de la chambre et se retrouvèrent dans la rue, encore vide à cause du froid glacial qui durait depuis plusieurs jours. Un soleil blanc illuminait les trottoirs et Lantos avait l'impression de tourner une nouvelle page, de débuter quelque chose d'important. Cela faisait longtemps qu'il ne s'était pas senti aussi léger. Il tenait Fryda par l'épaule, elle regardait fixement devant elle, un peu comme une automate animée par des ficelles. Il espérait qu'elle ne prendrait pas trop la parole lors du rendez-vous. Il la connaissait bien à présent, ses manières, souvent brusques, en avaient effrayé plus d'un.

Ils marchèrent ainsi en silence, tous deux frigorifiés, dans les rues et les avenues désertes jusqu'à la station de tramway numéro 6, en bas de la colline des Métaux.

Quand ils montèrent dans le tramway, Lantos acheta deux tickets aller-retour au contrôleur. Ce dernier ne lui adressa pas la parole, il émit juste un long soupir en lui rendant la monnaie. Fryda alla s'asseoir directement au fond, près d'une fenêtre. Avant de la rejoindre,

Lantos resta un instant à la contempler de loin et il eut soudain pitié d'elle : elle ne payait pas de mine avec son visage barbouillé de couleurs criardes, son vieux manteau bleu marine couvert de peluches qui laissait vaguement entrevoir la terrible robe à paillettes qu'elle avait choisi de mettre ce jour-là. *Je ne dois pas avoir plus fière allure avec mon pardessus terne, mon costume élimé et mes traits fatigués.* Il espérait juste que Martin Rusk ne prêterait pas trop attention à leur piètre accoutrement et s'attacherait à ce qu'il avait aimé chez eux en écoutant leur musique.

Lantos vint finalement s'asseoir à côté de Fryda et lui prit la main. Il la serrait de la même manière que Mme Soidnell avait serré la sienne le jour de ses six ans quand il avait quitté la Maison des enfants du désert et qu'ils étaient arrivés en ville au crépuscule. Il n'oublierait jamais son geste. Aussi étrange que cela puisse paraître, il pensait souvent à Aloïse Soidnell, bien qu'elle ne lui ait témoigné que très peu de signes d'affection durant toutes les années passées à ses côtés. Il se demandait parfois ce qu'elle était devenue, il imaginait son visage vieilli par le temps. Ses cheveux qui étaient sûrement devenus gris aujourd'hui. Laquelle des deux Aloïse Soidnell avait finalement pris le dessus ? Celle, indifférente, qui passait de longues heures solitaires enfermée dans sa chambre, ou bien celle qui venait les border avec tendresse certains soirs ? Il n'aurait jamais la réponse.

Le tramway s'était à présent engagé dans la montée,

la pente était si raide qu'elle donnait la pénible impression que les câbles électriques allaient lâcher et que le véhicule redescendrait la colline à grande vitesse. Lantos observait les bâtiments qui longeaient leur route et devenaient au fur et à mesure plus imposants et cossus. Il essayait d'entrevoir, derrière les grandes portes recouvertes de peinture laquée, les intérieurs où il devinait des vies paisibles. Des éclats de rire, des enfants qui faisaient leurs devoirs ou bien qui répétaient leurs leçons de piano.

Le tramway allait vite, mais il avait le temps de capturer d'un regard quelques détails de ce monde qui lui était étranger. Un bout de canapé en velours rouge, une statue dans un jardin... Des images qui ne faisaient qu'alimenter les fantasmes et les rêves de la ville haute dans lesquels il s'était abandonné à maintes reprises, lors des moments les plus douloureux de son quotidien à Vera Sol.

Lantos ressentait un vertige, comme s'il était grisé par l'altitude. Il s'imaginait ne jamais redescendre, laisser tous ses problèmes en bas, une bonne fois pour toutes. Il n'aurait jamais dû acheter des billets de retour au contrôleur du tramway... *Si cela avait été possible... Se construire une nouvelle vie au plus près des nuages.*

Fryda dégagea brusquement sa main de la sienne, ce qui le fit immédiatement sortir de sa torpeur. Il contempla son visage maquillé et anxieux qui le rappela sans détour à la réalité. Lantos ne savait pas comment tenter de lui faire comprendre que ses relations avec les autres étaient trop souvent guidées par des impulsions négatives. S'il osait lui faire la moindre remarque à ce sujet, elle entrait dans une rage qui pouvait la laisser KO plusieurs jours d'affilée tant, dans ces moments de colère, elle semblait possédée par le diable, tenant des propos incohérents, la bouche baignée d'écume...

Il ne restait plus que deux stations et Lantos était en proie à un trac qui ne ressemblait pas exactement à celui qui le gagnait avant de monter sur scène. L'appréhension qui s'était à présent emparée de lui le faisait douter et il craignait de ne pas être capable de saisir l'occasion qui s'offrait à lui et n'était pas près de se reproduire. Il est de ces moments où la conscience, aiguisée tel un couteau de boucher, vous procure une sorte de paralysie tant les choses qui vous entourent paraissent nettes et identifiables... La chance lui souriait pour la première fois de sa vie, mais il redoutait que ce sourire ne soit qu'éphémère et qu'il puisse très bien se transformer en grimace au moindre faux pas. Malgré ses appels implorants, son ange ne lui répondait pas et il craignait que celui-ci ne l'ait définitivement abandonné. Si tel était le cas, alors il ne se sentirait pas la force d'affronter seul tout ce qui l'attendait.

En descendant du tramway, Lantos crut y avoir oublié quelque chose, il courut pour le rattraper, mais la pente était tellement raide qu'au bout de quelques mètres il renonça. Il fouilla dans ses poches, toutes ses affaires étaient bien là, il n'avait après tout rien emporté de précieux, ne possédant de toute manière aucun objet de valeur. Que pensait-il donc avoir égaré en chemin, si ce n'est une partie de lui-même? Comme un serpent qui aurait perdu sa peau.

Fryda marchait d'un pas traînant, elle gardait son air renfermé et Lantos commençait à regretter sérieusement de ne pas s'être rendu au rendez-vous tout seul. Pourquoi l'avait-il même tenue au courant? Il avait l'impression que tout le monde sur leur passage les regardait de travers, comme si tous deux portaient sur leur visage et leurs habits miteux la marque indélébile de la ville basse. Cette différence dont ils n'arriveraient probablement jamais à se débarrasser. Ici, les femmes et les hommes n'avaient pas la même démarche, ni les mêmes expressions. Au-delà de leur apparence vestimentaire qui les plaçait d'emblée dans une catégorie d'individus supérieurs, ils semblaient épargnés par les soucis du quotidien. Ils avaient l'air heureux. Lantos n'avait pas rencontré beaucoup de *gens heureux* jusqu'ici. À part Ulli Soidnell, sa grande sœur, qui portait naturellement en elle la joie et transformait les choses les plus ternes en perles de bonheur. Même quand il avait découvert son corps inanimé, blessé et détruit en grande partie par le passage du train de marchandises, Ulli paraissait sourire à la mort comme si elle l'avait accueillie à bras ouverts. Lantos pensait à Ulli en gravissant avec peine les rues obliques de la ville haute et cela lui donnait du courage. Il se dit alors que tout se passerait bien du moment que le souvenir d'Ulli continuait à exister en lui.

Ils arrivèrent enfin à l'adresse indiquée sur la carte de visite. L'immeuble était imposant, une sorte de forteresse. Un grand portail en verre servait d'entrée, tandis que quatre immenses tours en pierre de taille de couleur bleu-gris encerclaient le bâtiment. Ils se présentèrent à un agent de sécurité qui leur barra le passage.

— Nous avons rendez-vous avec Martin Rusk à trois heures.

— Vos noms ? aboya l'homme.

— Lantos Soidnell et Fryda T.

— Attendez ici.

Fryda regardait ses pieds, les larmes aux yeux. Son mascara avait un peu coulé sur la joue droite, Lantos esquissa un sourire en se tournant vers elle pour tenter de la réconforter.

— Ne t'inquiète pas, lui glissa-t-il au creux de l'oreille.

L'agent de sécurité revint au bout de quelques minutes, son expression menaçante n'avait pas changé.

— C'est bon. Présentez-vous à la réception, on vous indiquera le chemin.

L'intérieur était luxueux, un lustre en cristal pendait d'un très haut plafond, à une vingtaine de mètres au-dessus de leurs têtes. Une sculpture dorée représentant une voiture décapotable trônait au centre de ce hall majestueux, dont les murs et le sol étaient recouverts de marbre rose. Ils se dirigèrent vers le comptoir central où une inscription en lettres de couleur indiquait Tazière International. Derrière, une femme à l'allure impeccable leur souriait.

— Madame T., monsieur Soidnell, bienvenue chez Tazière International. Puis-je vous mener au bureau de M. Rusk ? Voici vos laissez-passer.

Elle leur tendit deux badges blancs plastifiés, où était écrit en majuscules VISITEURS. Ils les accrochèrent à leur pardessus, puis suivirent la jeune femme vers un ascenseur. Elle ne cessait de leur sourire et Lantos se demanda si elle se moquait d'eux. Quel sentiment pouvait bien la traverser pour les dévisager ainsi ? Du mépris, du dégoût ? De l'ironie ? Ou juste de la pitié... Avait-elle deviné, elle aussi, à leur triste apparence qu'ils venaient du quartier le plus misérable de la ville et qu'ils plaçaient désormais tous leurs espoirs entre les mains d'un homme, qu'ils n'avaient croisé que quelques minutes en sortant de scène ? Après tout, Martin Rusk avait peut-être prononcé en l'air ces paroles auxquelles Lantos et Fryda s'accrochaient comme à des bouées de sauvetage. *Martin Rusk. Martin Rusk.* Ces trois syllabes claquaient sèchement quand on les prononçait.

CHAPITRE 3

Bouc émissaire — Refuges nocturnes — Sukor Vikotar — Fête de Noël et mandoline — Aberoze, le géant

Lantos tenait sa veste couverte de bave du bout des doigts. Quelques minutes plus tôt, un groupe de quatre garçons de son âge s'était formé autour de lui et ils s'étaient mis à lécher ses vêtements en pouffant de rire et en lui donnant des coups de pied dans les tibias. Il n'avait pas bougé, il avait retenu ses larmes tout en restant immobile afin de ne faire transparaître aucune émotion sur son visage.

Dès le jour de la rentrée, les élèves, telle une meute de loups, l'avaient élu à l'unanimité bouc émissaire de la classe. Quand ce n'était pas des insultes sur *sa bouche de fille* ou *ses pattes de basset*, il avait droit aux gifles, aux pincements, aux crachats ou autres violences physiques au détour d'un couloir. Lantos n'osait en parler à personne.

Son maître, un petit homme dégarni d'une quarantaine

d'années, au regard de chauve-souris, avait remarqué le calvaire que Lantos endurait mais laissait faire les choses et n'intervenait jamais pour prendre sa défense, ni punir ses agresseurs. Au contraire, c'était comme s'il se délectait du spectacle. Il affichait souvent un sourire pincé, tandis que ses lèvres disparaissaient.

Lantos ne comprenait pas pourquoi M. et Mme Soidnell lui avaient vanté si souvent les plaisirs de l'école. Les murs en brique rouge du bâtiment lui rappelaient la Maison des enfants du désert. Il s'y sentait prisonnier et, quand il se levait le matin, n'avait qu'une hâte : être déjà le soir et avoir terminé sa journée d'écolier.

M. et Mme Soidnell ne lui posaient aucune question et n'avaient pas la moindre idée de ce qu'il endurait. Nevel Soidnell lui répétait juste de temps en temps combien il était important d'être un bon élève car cela déterminait ce que l'on allait devenir plus tard, dans sa vie d'adulte. Ces paroles solennelles prononcées par un homme qui n'ouvrait presque jamais la bouche terrifiaient Lantos. Il n'avait que des résultats médiocres et le plus souvent n'écoutait pas les leçons. Seule Ulli percevait le profond désarroi qui s'emparait de son frère dès qu'il franchissait l'enceinte de l'école et elle avait beau sonder son cœur, il restait muet, ne voulant en aucun cas l'inquiéter.

Heureusement, la nuit Lantos se réfugiait dans ses rêves. Il était transporté parmi une multitude de paysages plus féeriques les uns que les autres. Libre, il se baignait dans une source d'eau glacée, traversait des forêts où le soleil perçait de ses rayons de longues branches d'arbres, qui ressemblaient à des bras rassurants. Quelquefois, il se retrouvait dans le désert, mais il n'était en rien comparable à celui qu'il avait connu dans sa petite enfance, c'était une terre paisible où il faisait doux, la caresse du sable sous les pieds était comme une présence amie. Pas d'école, pas de coups, pas d'insultes, pas de peur au ventre. Lantos était à nouveau seul mais heureux avec le ciel et la nature comme uniques compagnons, il n'avait besoin de personne. La nuit le délivrait de toutes ses souffrances quotidiennes, le protégeait durant quelques heures.

Puis le réveil sonnait et Lantos avait l'impression d'entrer au plus profond d'un cauchemar. Il fallait tenir bon. Ne penser à rien. Survivre dans la jungle.

Seule la fin de la semaine lui laissait un peu de répit. M. Soidnell en profitait pour dormir et on ne le voyait pas durant tout le week-end, même pour prendre ses repas. Le plus souvent, Ulli et Lantos partaient en balade, ils emmenaient de temps en temps bébé Noël en poussette et s'aventuraient en dehors de la ville, près des voies ferrées où ils avaient construit une cachette sous un petit pont en ciment. Là, ils s'inventaient toutes sortes d'histoires et traînaient jusqu'à la tombée de la nuit. Lantos aurait aimé que ces journées ne finissent jamais, il se sentait si bien avec Ulli et Noël et se disait souvent qu'ils auraient pu s'échapper ainsi tous les trois et construire un foyer loin, dans une autre ville. Ailleurs. Loin des Soidnell qui ne leur prêtaient guère attention et se contentaient en général de les nourrir. Loin de l'enfer de l'école et de la bêtise de ses condisciples.

Petit à petit commencèrent à germer en lui des pensées de plus en plus sombres qui l'empêchaient de fermer l'œil le soir. Il se sentait minuscule, perdu au beau milieu de l'univers comme une tache noire. Il était pris de vertiges à la pensée qu'il ferait un très court passage sur terre. Il avait l'impression d'attendre dans une parenthèse entre deux néants. Maintenant qu'il s'était attaché à Ulli et à bébé Noël, il était effrayé par l'idée de les quitter un jour, et pourtant il savait bien que cette séparation était inévitable. Ainsi va l'ordre des choses : un début, un milieu, une fin. Et ce depuis toujours et pour l'éternité. Tous ces millions et ces millions d'années qui précédaient sa naissance n'étaient rien d'autre qu'un gouffre terrifiant maintenant qu'il était en vie. Il avait beau se raisonner, se dire qu'après tout rien ne lui importait avant d'arriver sur terre puisqu'il n'existait pas. L'idée de la séparation infinie après sa mort avec les deux seules personnes qui comptaient désormais dans sa vie lui était intolérable. Autant se concentrer sur les tortures qu'il subissait à l'école, cela lui était plus supportable. *Quelle étrange histoire que celle de vivre*, se disait-il.

Depuis qu'il était arrivé chez les Soidnell, il avait remarqué une mandoline posée près du cagibi à côté de la cuisine. Personne n'en avait jamais joué, elle faisait juste partie des centaines d'objets abandonnés qui traînaient par terre. Il n'osait pas la toucher, mais chaque fois qu'elle tombait sous son regard, il ne pouvait s'empêcher de la contempler, posant ses yeux sur le moindre détail, comme le bois dont le vernis était écorché à certains endroits, ou encore les fines décorations peintes en rouge au pinceau et aussi les cordes métalliques recouvertes d'une légère couche de poussière.

À plusieurs reprises, il fut tenté de demander à M. ou Mme Soidnell l'autorisation de la toucher et d'essayer d'en jouer, mais il avait si peur de les importuner que sa voix restait bloquée dans sa gorge. Il ne se sentait pas très proche de ses parents adoptifs, même s'il leur était reconnaissant de l'avoir recueilli. M. Soidnell s'était une fois confié alors qu'ils étaient tous les deux seuls dans l'appartement. Il avait baissé les yeux en lui disant qu'Aloïse et lui s'étaient rencontrés encore adolescents à l'orphelinat :

— Quand personne ne vous a jamais appris ce qu'est une famille, c'est difficile d'en fonder une, tu comprends ? On a beau essayer, on ne sait pas trop comment faire... On ne cesse de faire mal les choses car on n'a aucune idée de ce à quoi une famille peut bien ressembler.

Le lundi matin était pour Lantos le pire moment de la semaine. Revenir à l'école après la pause du week-end était une source d'inquiétude terrible. Comme si les uns et les autres avaient eu le temps pendant ces deux jours de fomenter toutes sortes de supplices et d'humiliations. Ils étaient gonflés par la méchanceté, guettaient son arrivée la bave aux lèvres, tels des chiens errants.

Sukor Vikotar était le pire d'entre eux. Dès qu'il portait un coup à Lantos ou qu'il lui crachait dessus, il accompagnait ses gestes d'un rire aigu et d'un petit rictus qui glaçait le sang. Lantos encaissait tout sans bouger. La douleur était parfois si vive qu'il aurait voulu pousser un hurlement, mais il ne voulait pas faire ce cadeau à Sukor Vikotar. Il préférait souffrir en silence. Pour y parvenir, il fallait juste se concentrer et faire voguer son esprit loin des couloirs de l'école. Il s'envolait, s'approchait du sommet des collines et frôlait les nuages. Il ne redescendait qu'une fois Sukor parti.

Sukor Vikotar ne s'en prenait pas qu'à Lantos, tout le monde le redoutait, même les élèves des classes supérieures. Il avait des cheveux gris-brun coiffés en brosse et des yeux marron asymétriques (l'œil droit était nettement plus grand que l'autre), des boutons allant du rose à l'orangé sur le front ainsi que sur le menton et les deux dents de devant cassées. Sukor était court sur pattes, sec et musclé comme un boxeur poids plume. Il avait redoublé deux fois et toisait avec mépris ses compagnons de classe du haut de ses neuf ans. On ne lui connaissait aucune famille, si ce n'est une vieille tante moustachue qui venait parfois chez le directeur de l'école, quand ce dernier menaçait pour la énième fois de renvoyer Sukor de l'établissement. Elle lui faisait chaque fois le même numéro, pleurnichait en lui disant que Sukor était orphelin depuis l'âge de deux ans, qu'elle s'était privée de tout afin de lui offrir un toit et de quoi le nourrir. Elle s'y prenait si bien que le directeur, malgré les horreurs que commettait Sukor, ne se sentait plus le cœur de se débarrasser de lui. La tante moustachue lui disait d'une voix larmoyante :

— Si vous ne gardez pas mon Sukor, c'est la maison de correction assurée pour lui dès le mois prochain, vous vous en rendez bien compte, monsieur le directeur?

Et Sukor de continuer à faire régner la terreur autour de lui. Même ses professeurs, qui le craignaient tous, n'osaient jamais lui faire la moindre remarque, ni le noter à sa juste valeur. Ils lui ajoutaient souvent quelques points afin d'éviter les ennuis.

Puis vint un jour où le vent souffla dans une autre direction. Ulli et Lantos marchaient côte à côte dans le froid et la brume hivernale pour se rendre à l'école, quand ils entendirent derrière eux quelqu'un qui les suivait et qui ne cessait de s'approcher en accélérant le pas. Lantos se retourna et aperçut le visage de Sukor Vikotar qui les observait, un sourire effrayant accroché aux lèvres. Lantos s'arrêta de marcher comme s'il était changé en statue. Ulli lui demanda ce qui lui arrivait, Lantos ne pouvait plus sortir un son de sa bouche. Elle jeta un regard distrait à Sukor puis elle prit Lantos par le bras, mais celui-ci demeurait pétrifié. Sukor s'approcha de Lantos et lui cracha un énorme mollard sur la joue gauche. Ulli, ne perdant pas une seconde, lui assena un coup de poing juste au-dessus de son entrejambe, ce qui le fit d'abord trébucher puis tomber au sol. Sukor était désormais plié en deux et gémissait de douleur. Lantos n'en revenait pas : sa propre sœur avait été capable de mettre à terre le garçon le plus redouté de l'école. C'était trop merveilleux pour être vrai, il avait beau se frotter les yeux, tout était bien réel, Ulli à côté de lui et Sukor par terre qui se tenait le ventre à deux mains. Il s'approcha et le roua de coups de pied. Ulli avait beau le tirer par la manche en lui disant qu'il en avait eu assez, qu'il allait finir par le tuer... Lantos continuait en frappant de plus belle, avec rage et détermination. C'était comme si toutes ces semaines de souffrance endurées à l'école ressortaient soudain. Il se vengeait.

Sukor le supplia d'arrêter avant de fermer les yeux, inanimé. Lantos et Ulli s'éloignèrent en courant.

— Tu crois qu'il est mort ? demanda Ulli.

— Je ne sais pas. Même s'il est mort, je ne regrette pas.

— Mais qu'est-ce qu'on va dire ? Qu'est-ce qu'on va faire ?

— Rien. On sera muets. Tout restera entre nous. C'est notre secret. On continuera notre vie d'avant comme si de rien n'était. Promis ?

— Promis.

Après l'incident, Lantos traversa une période de relative tranquillité à l'école. Sukor étant absent, les autres élèves n'osaient plus s'en prendre à lui. Le maître n'aborda pas le sujet et chaque soir Ulli demandait à son frère :

— Alors, des nouvelles ?

Et Lantos lui répondait toujours par un signe négatif de la tête.

Est-ce que Sukor était encore vivant ? Ou déjà enterré ? Ni l'un ni l'autre n'osait en parler, tant ils redoutaient de l'avoir tué. Ils trouvaient tous deux étrange qu'aucun camarade ne cherche à savoir ce qui lui était arrivé. C'était en fin de compte comme si tout le monde à l'unanimité, professeurs comme élèves, était soulagé de cette disparition.

Sukor ne revint pas à l'école, ni en novembre ni en décembre.

C'était la première fois que Lantos s'apprêtait à célébrer Noël. Il prit un certain plaisir à aller chercher le sapin un dimanche matin, au centre commercial le plus proche, avec M. Soidnell. Seul dans la voiture avec lui, il essayait de trouver des sujets de conversation, mais rien ne lui venait à l'esprit. Il demanda finalement à M. Soidnell, sur un ton qui se voulait détaché, depuis quand la fête de Noël existait. M. Soidnell émit un petit cri qui ressemblait à un rire d'enfant et lui répondit qu'elle avait toujours existé. C'était pour cela qu'ils avaient baptisé leur petit frère de ce nom, puis il ajouta sur un ton de reproche :

— S'ils ne vous apprennent même pas ça à l'école...

Le sapin avait à peu près la taille de Mme Soidnell. Ulli alla chercher dans le tiroir d'une commode ce qu'il fallait pour le décorer.

Lantos s'amusait à déposer les boules de toutes les

couleurs et les guirlandes sur les branches de l'arbre, c'était un peu comme s'il l'habillait pour aller à la plus belle des fêtes. Il avait l'impression que le sapin lui souriait et le remerciait de l'avoir choisi et vêtu de la sorte. Lantos et Ulli s'arrêtaient à chaque instant pour le contempler ou pour replacer les décorations.

Lantos avait confectionné comme cadeaux de Noël pour chaque membre de la famille des petites boîtes en carton, ornées de beaux motifs à l'encre de Chine. Il les avait fabriquées la nuit, alors que tout le monde était endormi, éclairé par la faible lumière d'une vieille lampe de poche qui traînait dans sa chambre. Les boîtes de M. et Mme Soidnell avaient la même taille, celle d'Ulli était un peu plus petite, quant à celle de bébé Noël, elle faisait la moitié de la paume d'une main.

Le jour de Noël, les enfants étaient tellement excités à l'idée de recevoir leurs cadeaux qu'ils se levèrent très tôt. Lantos prit le sien sous l'arbre, il avait une forme bizarre. Il n'osait pas l'ouvrir, préférant regarder la famille Soidnell déballer les leurs. Ulli reçut un pyjama beaucoup trop grand pour elle et bébé Noël un hochet en forme de carotte. Vint le moment pour Lantos d'ouvrir le sien. Quelle ne fut pas sa joie quand il découvrit sous le papier la mandoline sur laquelle il avait tant espéré jouer un jour.

La musique se tenait là, juste devant lui, prête à changer les contours de son existence. *Plus rien ne sera comme avant.* C'est à cette période qu'un ange commença à lui apparaître à différents moments de la journée, comme si par le biais des notes et des mélodies il était capable de côtoyer l'invisible. Lantos avait l'impression que les harmonies se fondaient en lui, qu'il ne faisait plus qu'un avec elles. *Voilà la mère, le père que je n'ai jamais eus. Tous les sourires qui ne m'ont pas été destinés, les caresses, les attentions oubliées... Je les trouve enfin aujourd'hui en frôlant mes doigts sur les cordes et dans les vibrations sonores provoquées par mon geste. Tout s'ouvre à moi. Tout fait sens. J'ai enfin trouvé la langue qui est la mienne, celle que je parlerai tous les jours, dans ma vie et dans mes rêves. Je sais qu'on me comprendra. Partout où j'irai, je pourrai expliquer qui je suis. La personne que je suis véritablement. Je ne suis plus orphelin, ni même abandonné. La musique est venue me chercher. Elle m'a trouvé.*

Pendant les vacances, il ne cessa de pratiquer l'instrument et cela le rendit heureux comme il ne l'avait jamais été auparavant. Puis le temps s'accéléra, on se souhaita une bonne année et ce fut déjà la rentrée.

Le mois de janvier fut glacial et triste. Ulli et Lantos reprirent un lundi matin le chemin de l'école dans la nuit, quand ils aperçurent au loin Sukor Vikotar devant le portail. Il avait des béquilles, un plâtre à la jambe et un large bandage sur sa tête qui lui cachait l'œil droit. Lantos frissonna.

Sukor les avait bien vus, mais il faisait comme si de rien n'était et ne lançait aucun regard dans leur direction. Il était désormais seul. Il n'était plus entouré d'une dizaine de personnes comme avant l'incident, c'était comme si aucun élève ne souhaitait être associé à un Sukor Vikotar faible et blessé. Il avait perdu de sa prestance d'antan. Il semblait à présent ne plus compter pour eux : la meute avait bel et bien déserté le chef. Lantos cessa peu à peu de trembler et de transpirer. Il se sentait fort et n'avait plus peur de Sukor, ni des autres. Ulli l'avait sauvé.

L'influence de Lantos commença à grandir au sein de sa classe. La rumeur gonflait dans les rangs que c'était lui qui avait réduit Sukor en miettes, sans que personne n'en soit vraiment sûr, ni que cette information soit confirmée par Lantos lui-même. Et cela augmentait encore le sentiment de respect que tous éprouvaient maintenant pour lui. Même son maître le regardait différemment et ne l'importunait plus.

Lantos, fort de sa victoire sur Sukor et de ses heures passées à jouer de la mandoline à la maison, commençait aussi à voir ses notes s'améliorer. Il comprenait de mieux en mieux les énoncés des exercices, s'amusait à résoudre les problèmes mathématiques et réussissait même à avoir de très bons résultats dans les travaux d'écriture.

Il aimait écrire. C'était un peu comme jouer de la musique, il avait l'impression de pénétrer dans un autre monde. Il avançait sur un chemin inconnu en s'inventant des histoires. Et c'était de nouveau le voyage à l'intérieur de lui-même qu'avait provoqué la piqûre du scorpion. Il se sentait libre et quand il noircissait ses cahiers avec frénésie, c'était comme s'il dévalait une pente en courant, le nez au vent. Rien ne pouvait l'arrêter. Les portes étaient grandes ouvertes et elles donnaient sur un espace immaculé où tout lui semblait alors possible.

La pratique de la mandoline et les nouveaux paysages intérieurs que Lantos découvrait grâce à l'écriture lui faisaient oublier ses souffrances. Tant qu'il jouait ou écrivait, personne ne pouvait l'atteindre. Il devint au fur et à mesure des jours et des semaines un élève de plus en plus brillant et même son maître fut bien obligé de l'admettre.

Ulli était fière de Lantos. Elle se rendait bien compte que son frère n'était pas comme les autres. C'était comme s'il était en apesanteur au-dessus des choses et des êtres. Elle avait conscience que Lantos cachait des mystères et une force qu'elle n'avait jamais vue chez personne auparavant. Elle ne se lassait pas de l'observer quand il jouait de la mandoline, plongé dans la musique. Ses traits se transformaient soudain, il ne cessait de sourire, les yeux mi-clos. Il semblait habité par quelque chose qui échappait à Ulli. Elle passait des heures à l'écouter, cherchant un moyen de le rejoindre là où il se trouvait désormais.

Lantos pensait malgré tout que s'il avait le malheur de faire quelque chose de travers ou si tout simplement les Soidnell se lassaient de lui pour on ne sait quelle raison, il devrait retourner à la Maison des enfants du désert. Il préférait encore le cauchemar de sa vie scolaire à cette prison. Il avait avalé tant de sable dès son plus jeune âge.

Un jour qu'ils se promenaient tous les deux côte à côte le long de la rue principale de la ville, un jeune homme aux cheveux longs s'approcha d'eux. Il était très imposant, recouvert d'une vieille veste déchirée aux coudes et aux poches. Lantos et Ulli eurent d'abord un mouvement de recul car ni l'un ni l'autre n'avait jamais vu quelqu'un d'aussi grand. Une chevelure auburn entourait un visage de forme rectangulaire et rouge, le nez ressemblait à une énorme pomme de terre plantée légèrement trop à droite. De petits yeux noirs et tombants lui donnaient l'expression d'une bête apeurée. Le contraste était saisissant entre la tête qui dégageait une telle douceur et ce corps de colosse. Un peu comme s'il avait été à moitié homme, à moitié animal, telle une créature non répertoriée.

Les gens se retournaient sur son passage.

Pourquoi choisit-il d'adresser la parole à Lantos et Ulli ? Il avait dû sentir qu'avec ces deux-là rien de grave ne pourrait lui arriver.

Il se pencha pour leur parler :

— Pourriez-vous me dire dans quelle direction je dois m'engager pour rejoindre la route de l'Ouest ? Je me suis égaré en chemin...

— Par ici.

Ulli indiqua la gauche, elle se tenait bien droite, visiblement très impressionnée par ce jeune homme.

— Puis-je te poser à présent une autre question ?

— Oui, lui répondit Ulli d'une voix hésitante.

— Quel est ton prénom?

Puis désignant Lantos :

— Et celui de ton ami?

— Ulli. Et lui, c'est mon frère. Il s'appelle Lantos.

— Ulli et Lantos, dit-il le sourire aux lèvres, comme s'il savourait le son de ces quatre syllabes. Un frère et une sœur... C'est merveilleux...

Ulli tira Lantos par le bras pour lui signifier qu'il fallait désormais s'en aller.

— Au revoir, dit-elle au géant.

— Attendez un instant, je vous en prie. Rien qu'un instant...

Le jeune homme les fixait de son regard triste.

— Et moi, vous ne voulez pas savoir comment je m'appelle?

— Si, bien sûr, murmura Lantos, nous aimerions beaucoup savoir votre prénom...

— Je n'ai pas eu la chance de recevoir un prénom. Je n'ai qu'un nom... Aberoze. Vous pouvez m'appeler Aberoze.

— D'accord, Aberoze, dit Lantos en lui souriant.

Ulli le tira à nouveau par la manche :

— Allez, viens maintenant... Nous allons être en retard. M. et Mme Soidnell ne vont pas être contents.

Elle se tourna vers le jeune homme :

— Au revoir, Aberoze, nous devons vraiment y aller maintenant...

— Qui sont M. et Mme Soidnell, si je peux me permettre?

— Ce sont nos parents.

— Vous les appelez monsieur et madame ?

— Oui, monsieur et madame, répondit Lantos. Disons qu'ils sont presque comme nos parents, ils nous ont adoptés, ils nous élèvent comme leurs propres enfants.

— Est-ce que M. et Mme Soidnell ont de *vrais enfants* ?

— Non, même bébé Noël vient de l'orphelinat.

— Bébé Noël est votre petit frère ?

— Oui, répondirent en chœur Ulli et Lantos.

— Dans quel orphelinat étiez-vous avant d'avoir une famille d'accueil ?

— La Maison des enfants du désert, prononça faiblement Ulli.

— Moi aussi ! répliqua Aberoze en se frappant le front de la main droite. J'y suis resté de ma naissance jusqu'à mes dix-sept ans, aucune famille d'accueil n'a voulu m'adopter en raison de ma grande taille qui effraye souvent les gens. Puis un jour, j'ai décidé de m'enfuir. Il ne me restait qu'une année à tenir là-bas, mais je n'en pouvais plus... Je devais partir. Même si je ne possédais rien et que j'ignorais à quoi pouvait bien ressembler le monde, un soir, j'ai pris mon courage à deux mains et pendant que tous les gardes dormaient, j'ai escaladé les fils barbelés et j'ai couru au hasard dans le désert. Je ne savais pas où j'allais, le vent soufflait particulièrement fort cette nuit-là, il faisait un froid glacial. Mais pour rien au monde je n'aurais fait demi-tour. La Maison des enfants du désert était le seul endroit que j'avais connu jusque-là, mais quelque chose à l'intérieur de moi me disait qu'il devait bien exister un lieu où je serais moins malheureux. J'avais feuilleté quelques livres et contemplé des images dans la salle de vie commune que vous avez peut-être connue, il existait des océans, des arbres, des prairies et des villes quelque part. Je voulais voir ça... Après avoir marché plus de deux jours et deux nuits sans apercevoir le moindre signe de vie, j'ai frappé à la porte d'une maison en bois isolée qui se trouvait entre deux paysages, d'un côté il y avait le désert que j'avais toujours connu, et de l'autre on voyait des collines verdoyantes traversées par une rivière qui ressemblait de loin à un long serpent luisant. Je n'en croyais pas mes yeux, c'était donc ça le monde en dehors du désert... Un vieil homme m'a ouvert la porte et quand il m'a souri, je me suis aperçu qu'il lui manquait presque toutes ses dents. J'avais du mal à comprendre ce qu'il me disait, mais il m'a invité à entrer chez lui et m'a offert à manger. Pendant plusieurs mois, je suis resté auprès de lui, l'aidant à traire les trois chèvres qu'il possédait. Je nourrissais aussi les six poules qui pondaient de temps en temps des œufs. Je descendais presque tous les jours à la rivière et j'attrapais des poissons avec mes mains, j'étais tellement rapide qu'aucun ne m'échappait. Le soir, nous les faisions griller dehors et nous nous installions près du feu pour les manger en buvant du lait de chèvre, dans de larges tasses en terre cuite. Même si je ne saisissais pas toutes les paroles qui s'échappaient de la bouche édentée de mon ami (il voulait que je l'appelle Adir, mais je n'ai jamais su si c'était son vrai nom), j'avais du plaisir à écouter sa voix rauque et à contempler son visage parsemé de rides profondes s'illuminer quand il me racontait telle ou telle chose. Puis la santé d'Adir a commencé à décliner. Il avait de plus en plus de difficultés à se lever le matin. Il passait des heures immobile sur sa chaise et ne mettait plus que très rarement le nez dehors. Un matin, je me suis approché de son lit, je l'ai vu si pâle et peinant à trouver sa respiration que j'ai cru qu'il était en train de mourir. J'ai couru en direction de la vallée afin de trouver quelqu'un qui puisse venir à son secours, mais la demeure d'Adir était si isolée que cela m'a pris beaucoup de temps. Finalement, une dame aux cheveux aussi rouges que les couchers de soleil du désert de Taromage m'a mené chez un médecin. Ce dernier possédait une camionnette et je l'ai guidé sur la route cabossée. En arrivant, Adir était toujours allongé sur son lit, il ne bougeait pas. Le docteur s'est approché de lui, a palpé sa poitrine, puis s'est tourné vers moi l'air désolé en me demandant :

— C'était votre grand-père ?

Je lui ai répondu que non.

— Un autre membre de la famille alors ?

Je lui ai dit qu'Adir n'était pas de ma famille, qu'il était mon ami. J'ai pris la décision de l'enterrer devant sa maison, me disant qu'il avait habité là toute sa vie et qu'il aurait aimé passer sa mort et l'infini aussi dans cet endroit qu'il avait tant aimé. Puis j'ai vendu les trois chèvres et les six poules et suis reparti sur la route. Voilà plus de deux semaines que je vagabonde ici et là, m'arrêtant parfois dans une petite ville ou un village, je cherche Vera Sol, où j'aimerais aller afin de trouver un travail. On m'a indiqué qu'elle était à l'extrême ouest, mais je n'arrive pas à suivre le bon chemin. Y êtes-vous déjà allés ?

— Non, pas encore, murmura Ulli.

— Une fois, ajouta Lantos, songeur. Mais c'était dans une sorte de rêve... Quand je suis tombé très malade. La ville était haute, vaste, tout en collines... Je l'ai traversée de long en large dans ma tête... Je suis sûr que je reconnaîtrais les rues si j'y allais. Je suis allé à Vera Sol. J'y suis allé.

— Je te crois, dit Aberoze. Si tu as vu la ville de Vera Sol en rêve, c'est donc la preuve que tu y es déjà allé ! Avez-vous une idée de la direction que je dois prendre ? Est-ce loin ?

— M. Soidnell dit tout le temps que Vera Sol c'est le diable, chuchota Ulli. Le diable déguisé en bâtiments et en avenues perdus entre terre et ciel. Il m'a dit qu'il fallait plusieurs heures de route pour y parvenir, à pied cela vous prendra une éternité.

Aberoze était pensif. Il demeura silencieux, quelque chose s'était soudain figé sur son visage.

— Je n'y arriverai jamais, soupira-t-il en s'asseyant sur le trottoir, la tête entre les mains.

— Si, vous y arriverez, dit Ulli.

— Je ne sais même pas où aller, je n'ai presque plus

d'argent, comment vais-je me nourrir sur la route? Personne ne peut donc survivre en dehors de la Maison des enfants du désert?...

Le propriétaire de l'épicerie devant laquelle ils se tenaient tous les trois sortit de son magasin en criant :

— Mais qu'est-ce que vous pouvez bien avoir à vous dire depuis tout ce temps? Vous empêchez la clientèle d'entrer... Je vais tous vous faire cuire au barbecue si vous continuez à me gêner comme ça!

Aberoze se leva lentement, s'approcha du marchand et le fixa d'un regard noir, il faisait presque deux fois sa taille. L'épicier, effrayé, recula en le dévisageant avec terreur. Une fois entré dans sa boutique, il baissa à la hâte le rideau de fer. Les trois nouveaux compagnons éclatèrent de rire, puis s'éloignèrent en détalant.

— Je crois que j'ai une idée, lança Ulli. Suis-nous.

Elle courait le long de la rue qui menait à un champ de blé. Aberoze et Lantos la suivaient.

Ulli s'arrêta près de la voie ferrée et désigna à Aberoze le petit pont sous les rails qu'ils avaient transformé en cachette.

— Tu vas nous attendre là. Nous te retrouverons à la tombée de la nuit et nous t'apporterons des provisions pour ton voyage jusqu'à Vera Sol. Ne bouge pas, tu m'entends? Ne bouge pas.

CHAPITRE 4

Bureau de Martin Rusk — Descente de la ville haute — Retour dans la ville basse — Promenade nocturne sur le port

Quand la secrétaire ouvrit la porte, Martin Rusk se leva d'un grand fauteuil en cuir noir, se dirigea l'air avenant vers Lantos et Fryda, puis leur serra la main. Son bureau était imposant, de beaux meubles en bois sombre ornaient la vaste pièce à la moquette épaisse, de couleur écrue.

— Asseyez-vous, je vous prie.

Il désigna un large sofa assorti au fauteuil. Une table basse en verre transparent était placée juste devant.

— Nous vous remercions de nous avoir donné rendez-vous si rapidement, dit Lantos.

— Oui... Merci, ajouta Fryda les yeux baissés et la bouche tordue.

Lantos lui jeta un regard comme pour lui dire *tais-toi, je t'en supplie.*

— Mais c'est la moindre des choses, rétorqua Martin Rusk. J'ai vraiment beaucoup apprécié votre prestation au Seven & Blue, votre duo est très original et à la fois évident. Tout à fait le type de produit que nous recherchons chez Tazière International.

— Produit ? lança Fryda sur un ton agressif.

Lantos crut qu'il allait bouillir sur place tellement il avait honte.

— Oui, un magnifique produit ! Des artistes comme nous en connaissons si peu... Vous désirez boire quelque chose ?

— Une limonade, s'il vous plaît, monsieur ! cria Fryda comme une petite fille.

— Un verre d'eau me conviendra parfaitement, murmura Lantos.

— Bien, continua Martin Rusk, nous sommes en train de monter un événement afin de présenter nos nouveaux modèles de voitures à nos clients privilégiés, nous aimerions donc faire appel à vous pour l'animation musicale. Nous ne savons pas encore exactement où l'événement aura lieu, mais il se pourrait qu'il se déroule au Taromage Palace, à moins d'une heure de route de la ville. La plupart de nos clients habitent sur les collines et rechignent souvent à s'aventurer trop loin. Le Taromage Palace est un lieu dépaysant, mais il offre également tout le grand luxe auquel nos clients sont habitués. D'autant plus qu'à cette saison de l'année le climat plutôt doux du désert nous permettra peut-être d'organiser le dîner à l'extérieur, si toutefois les invasions de sauterelles ne nous gâchent pas la fête. Nous ne connaissons pas encore la date exacte, mais ce serait probablement pour le début du mois prochain...

— C'est parfait, nous serons libres, l'interrompit Lantos.

— Très bien. Je vous ferai suivre un contrat rapidement. Nous avons remarqué que nos clients préfèrent une animation plutôt brève, ce qui les intéresse ce sont nos voitures, après tout... Mais ne vous inquiétez pas, nous nous assurerons que votre salaire soit à la hauteur de vos attentes.

— Nous comprenons, dit Lantos tout en le fixant dans les yeux.

Ce qui était sûr c'est qu'ils seraient sûrement payés cent fois plus que lorsqu'ils se produisaient dans les bars miteux où ils avaient l'habitude de jouer.

Tout à coup Fryda devint écarlate, on aurait dit qu'elle avait une allergie. Elle faisait des bulles avec la paille qui trempait dans sa limonade, son visage était légèrement gonflé au niveau du front et des oreilles.

— Bien, lança Martin Rusk tout en se levant. Je ne vous retiens pas plus longtemps. Je vous donnerai des nouvelles d'ici la fin de la semaine. En attendant, portez-vous bien.

Lantos et Fryda se levèrent d'un bond, le verre d'eau de Lantos se renversa et se brisa en mille morceaux sur le sol.

— Désolé, bredouilla-t-il, se penchant pour ramasser les éclats de verre.

— Laissez donc cela, vous allez vous couper. Je vais appeler ma secrétaire pour qu'elle s'en occupe.

— Au revoir, monsieur Rusk, dit Lantos d'un ton solennel.

— Au revoir, Martin, murmura Fryda.

Ils prirent l'ascenseur accompagnés de la secrétaire pour redescendre les étages. Ni l'un ni l'autre n'osait prononcer un mot. Ils se retrouvèrent bientôt dans le hall, puis furent escortés jusqu'à la sortie par l'agent de sécurité.

Une fois à l'air libre, Lantos fut pris de tremblements aux genoux, il sentit ses jambes se dérober sous lui : impossible de faire un pas. Il lançait des regards implorants à Fryda qui, affairée à chercher quelque chose dans son sac en râlant, ne le remarquait pas. Lantos sentait son cœur battre à toute vitesse sous sa poitrine, il fut soudain saisi d'effroi à l'idée d'être arrivé en fin de course. *Si tout doit vraiment s'arrêter, pitié, que cela n'arrive pas aujourd'hui...*, se disait-il.

Lantos avait la vision trouble et des bourdonnements dans les oreilles. *Il faut tenir bon, ne pas tomber.*

Fryda se tourna vers lui et, en le découvrant si pâle, vint le soutenir juste avant qu'il ne s'écroule sur le trottoir.

— Tu pèses une tonne, lui dit-elle sur un ton plein de reproche.

— Je ne me sens vraiment pas bien...

— Oui, je m'en suis aperçue ! Pas besoin de me faire tout ce cinéma...

Quelque chose à l'intérieur le brûlait, une douleur qui lui donnait l'étrange impression d'être déchiré en deux. Il se mit à détester plus que jamais Fryda. Tout en elle n'était vraiment que méchanceté et laideur morale. Il aurait voulu la quitter sur-le-champ, la laisser seule à sa folie. Mais ses forces l'abandonnaient et il n'avait plus le courage de rien. Une voix plus profonde lui soufflait qu'il avait néanmoins encore besoin d'elle pour l'événement, il pourrait la quitter et s'en débarrasser après. Ce n'était pas quelques semaines de plus qui allaient faire la différence.

Lantos reprenait progressivement des couleurs et retrouvait l'usage de ses jambes. Il réussit à faire un pas, puis un autre.

— Ça va mieux, lui dit-il en se dégageant légèrement.

— Ouf! Je n'allais pas te porter comme ça durant tout le chemin du retour, la pente est tellement raide, il y a de quoi se casser le dos...

Ils entreprirent la descente en s'engageant sur l'avenue qui plongeait à pic jusqu'à la ville d'en bas. Lantos aurait bien voulu s'attarder davantage dans les beaux quartiers, mais il se sentait trop intimidé devant les passants qu'ils croisaient dans les rues propres et ordonnées de la ville haute. Rien que l'idée de redescendre cette colline lui donnait le vertige. *C'est étrange... Les passants marchent beaucoup plus lentement ici que dans la ville basse. Si j'essaye d'avoir la même cadence qu'eux, j'ai l'impression d'être ridicule. Même ce jardinier, devant la maison en forme de coupole à ma gauche, en train de tailler ce cerisier, semble exécuter ses tâches au ralenti... Comment expliquer cela ? Le temps passe certainement moins vite dans la ville haute...*

Il pensa à sa petite chambre, qui lui parut encore plus vétuste. Arriverait-il à en sortir un jour ? Il se disait qu'il fallait s'accrocher à ce qui venait de se passer : le rendez-vous avec Martin Rusk, l'événement au Taromage Palace... Tout cela était bien réel.

Le ciel lui semblait si proche de cet endroit de la ville, aussi proche que dans ses rêves. Il aurait voulu se transformer en oiseau et s'envoler encore plus haut, plutôt qu'utiliser ses jambes fatiguées pour marcher. Il aurait alors élu domicile dans le jardin d'une de ces vastes villas qu'on devinait à travers les grilles métalliques fermées et protégées par des gardes en uniforme sombre.

Lantos et Fryda avançaient en silence. Ils étaient à présent à mi-chemin et Lantos apercevait au loin des cubes alignés les uns à côté des autres. *Les immeubles délabrés de la ville basse...*

— Je suis fatiguée, j'ai soif, gémit Fryda.

Ils trouvèrent un bar ouvert à quelques mètres. Sur la devanture était inscrit au marqueur : « Ici, on renaît de ses cendres ».

Ils poussèrent la porte en bois et pénétrèrent dans un endroit si faiblement éclairé qu'ils avaient du mal à avancer. Ils ne voyaient rien. Lantos crut distinguer une petite table et des chaises dans un coin éclairé d'une lumière obscure et laiteuse, presque irréelle. Ils s'en approchèrent en tâtonnant, puis y prirent place.

— J'ai peur, dit Fryda. Cet endroit ne me dit rien qui vaille, on devrait s'en aller...

— Mais c'est toi qui me disais que tu étais fatiguée et que tu avais soif...

— Je sais, mais...

Elle fut interrompue par une voix féminine et rauque sortie de nulle part.

— Vous désirez ?

— Deux limonades, commanda Lantos.

— Nous ne servons pas de boissons non alcoolisées ici.

— Dans ce cas, apportez-nous deux gin-tonics, s'il vous plaît.

— Bien. Désirez-vous également une séance ?

— Une séance ? interrogea Lantos.

— Oui, répondit sèchement la voix féminine.

Il faisait tellement sombre que Lantos ne pouvait pas voir le visage de la serveuse, il parvenait tout juste à discerner sa silhouette massive. Il lui semblait apercevoir des reflets blonds à l'endroit du crâne.

— En quoi consiste une séance ? demanda-t-il innocemment.

— Le maître Patrick Doresille fera renaître de leurs cendres tous les morts avec qui vous souhaitez entrer en contact, dit la femme d'une voix monocorde.

Fryda ne put retenir un petit cri aigu, cela ressemblait au bruit d'une souris sur laquelle quelqu'un aurait marché sans s'en rendre compte.

— Nous allons réfléchir, en attendant, apportez-nous

déjà nos boissons, rétorqua Lantos d'un ton qui se voulait autoritaire, comme s'il était en train de jouer un rôle pour se rassurer.

Il lui était déjà arrivé de croire aux fantômes et à d'autres histoires paranormales comme seules et uniques explications à l'absurdité des choses et des êtres. Mais de là à penser qu'on pouvait ramener les morts parmi nous sur un simple coup de tête... Il était persuadé que la vie et la mort étaient deux choses bien distinctes et qu'il était peu probable qu'elles puissent se rejoindre quelque part. *Faire renaître vos morts de leurs cendres, quelle mauvaise blague, essaye-t-on de se jouer de moi ?* Il se disait avec ironie qu'encore une fois la chance avait été au rendez-vous : parmi tous les bars de la ville, il avait fallu qu'il tombe sur cet endroit sordide, tenu par des charlatans. Impossible d'ailleurs de dire à quoi ressemblait exactement ce lieu étrange, peut-être étaient-ils juste dans un garage aménagé en bar de fortune...

Faire renaître vos morts de leurs cendres : cette phrase ne cessait de tourner dans son esprit alors qu'il buvait son gin-tonic. *Qui sont mes morts ? Qui sont mes vivants ?* se demandait-il. *Puis-je dire que Fryda est « ma vivante » ? Elle ne m'appartient pas, de même qu'aucun mort ne m'appartient, ce sont juste des gens qui ont croisé mon chemin... Ou qui m'ont fait naître.*

Il ignorait si ses parents étaient encore en vie et se dit qu'il aurait bien voulu avoir une séance avec le maître Patrick Doresille, rien que pour le savoir. Mais tout ça ne rimait à rien. Le type était sûrement un escroc, pourquoi lui aurait-il fait confiance?

Fryda demeurait silencieuse. Elle sirotait son gin-tonic, il entendait le raclement de la boisson contre sa gorge quand elle en avalait une gorgée et cela le dégoûtait. Elle ne lui apparaissait pas comme une créature vivante dans ce lieu aux contours flous où il ne voyait ni son visage ni son corps maigre... Oui, c'était un peu comme être assis à côté d'un fantôme.

Lantos se dit qu'il aurait surtout aimé pouvoir parler à Ulli, ne serait-ce qu'une seule fois, et lui demander comment elle allait. Savoir où elle se trouvait, s'il faisait beau là où elle était, si elle était heureuse ou parfois triste... Il revoyait son sourire, ses yeux en amande comme deux billes bleues transparentes et ses longs cheveux roux qui brillaient au soleil et devenaient comme des tiges de bronze... Il lui aurait raconté son rendez-vous chez Tazière International et l'horizon qui était peut-être en train de s'ouvrir à lui.

La voix rauque et féminine se refit entendre :

— Je vous sers autre chose? Avez-vous réfléchi pour la séance? Le maître est très occupé et n'a que peu de disponibilités, si vous désirez une entrevue avec lui, c'est maintenant ou jamais, leur dit-elle.

— Oui, murmura Lantos. Oui, j'aimerais avoir une séance avec lui tout de suite.

Il entendit les pas de la serveuse s'éloigner. La respiration de Fryda se faisait de plus en plus forte, il se demanda si elle s'était endormie. C'était sûrement mieux ainsi. Elle le laisserait tranquille durant la séance avec Patrick Doresille.

Un bruit étrange l'arrêta dans ses pensées : quelque chose roulait et se rapprochait d'eux, une forme bizarre était à présent à tout juste quelques centimètres de lui, probablement sur un fauteuil roulant.

— Enchanté, susurra une voix d'homme à l'intonation féminine.

— Enchanté, bredouilla Lantos.

— Vous désirez faire renaître un mort de ses cendres ? Pouvez-vous me donner son prénom ?

— Ulli.

— Ulli... Ulli..., chuchota la voix.

Puis le silence se fit. On entendait maintenant en bruit de fond une radio qui diffusait des airs de guitare électrique.

— Comment vous appelez-vous ?

— Lantos.

— Bien, Lantos... Je vais vous mettre en contact avec Ulli dans un instant. Ne vous étonnez pas d'entendre ma voix plutôt que la sienne. Ulli utilisera mon corps pour communiquer avec vous, c'est ainsi que cela se passe. Puis-je vous poser une dernière question : comment Ulli est-elle morte et à quel âge ?

— Morte sous un train de marchandises. Elle avait seize ans.

La voix commença à émettre une sorte de bourdonnement, un peu comme si plusieurs mouches tournaient autour d'eux. Rien d'autre ne se passait. Lantos ne se sentait pas très rassuré, Fryda dormait vraiment et ses ronflements étaient de plus en plus gênants. Il hésita à la réveiller, puis la poussa du coude, ce qui suffit à la rendre silencieuse.

Il n'arrivait pas à croire qu'il allait vraiment parler avec sa sœur disparue. Il savait bien que tout cela n'avait aucun sens mais persistait à se convaincre du contraire. Cela faisait naître un espoir en lui, peut-être que sa sœur ne l'avait en fait jamais vraiment quitté.

Il attendit ainsi une bonne dizaine de minutes. Patrick Doresille continuait à émettre des bruits étranges avec sa bouche, mais rien ne se produisait. Ulli ne lui faisait pas signe. Il se remémorait ses journées d'enfance chez les Soidnell, tout cela lui paraissait si lointain : Nevel et Aloïse, Noël, Ulli... Il lui semblait ne pas vivre la même vie à présent, comme s'il n'avait cessé de raccommoder des bouts de lui-même depuis le début, pour en arriver aujourd'hui à ce patchwork aux couleurs ternes qu'était son existence. Même les syllabes de son propre nom lui étaient étrangères, ce Lantos qui habitait son corps, il ne le connaissait pas. *C'est bien moi pourtant*, se disait-il, *cet esprit dans ce corps disgracieux, c'est bien moi, mais je ne connais rien de lui, à part son prénom. Qui est-il ?* Il se revoyait assis dans le sable de la Maison des enfants du désert et ne reconnaissait pas non plus cet enfant qu'il avait été. *Je n'ai jamais cessé de n'être rien, absolument rien depuis ma naissance jusqu'à aujourd'hui. Le rien me définit entièrement puisque le seul moment qui m'a paru réel ne l'était pas. Il a juste été modelé par mon esprit malade, embrumé par le venin mortel du scorpion, et les seuls véritables souvenirs qu'il me reste ne semblent s'inscrire dans aucun passé, si ce n'est un passé fantasmé, un passé de l'inconscient, qui n'a absolument aucune valeur sur la frise d'une vie. Ulli ne parlera pas à travers le grand maître Patrick Doresille. Ulli ne renaîtra pas de ses cendres. Son âme continuera à danser pour l'éternité juste au-dessus des rails où passait deux fois par jour le train de marchandises que j'observais enfant en rêvant d'un ailleurs. Le temps file sans laisser de chemin pour retrouver ce que l'on a été... Fryda se réveillera bientôt et nous sortirons de cet endroit obscur pour redescendre la pente et nous nous retrouverons parmi les rues de la ville basse, là où il est impossible de s'évader.*

Patrick Doresille poussa un long soupir :

— Votre sœur ne peut pas renaître de ses cendres, elle se dérobe à chaque fois que je tente de l'approcher, comme si elle avait peur.

— Peut-être hésite-t-elle à venir nous retrouver ici ?

— Non, ce n'est pas cela, lui répondit brutalement Doresille, elle m'a fait comprendre qu'elle n'est pas encore prête à vous parler, elle semble vous craindre.

— Êtes-vous sûr que ce n'est pas plutôt vous qu'elle craint ? Moi, elle me connaît bien, elle me connaît par cœur, je suis son frère... Mais vous, vous n'êtes qu'une forme indescriptible en fauteuil roulant, elle n'a peut-être pas confiance en vous.

Patrick Doresille cracha par terre :

— Déguerpissez immédiatement et la guenon à vos

côtés aussi ! Et ne vous avisez pas de revenir ici ! Personne n'a jamais osé parler de la sorte au maître Patrick Doresille. Vous le regretterez, espèce d'infâme personnage. Bénédicte, apportez-leur la note. Payez et sortez au plus vite de mon établissement !

Lantos secoua Fryda afin de la réveiller, elle sursauta :

— Quoi ? Qu'est-ce que j'ai fait ? Où sommes-nous ? cria-t-elle à moitié endormie.

— Viens tout de suite, il faut qu'on s'en aille maintenant, lui intima Lantos d'une voix blanche, tout en l'aidant à se relever de sa chaise.

— Foutez le camp ! hurlait Patrick Doresille.

On entendait le grincement des roues de son fauteuil roulant qui s'éloignait.

Quand ils furent dehors, Lantos et Fryda s'aperçurent que le jour avait légèrement baissé. Une lumière bleutée enveloppait les rues, les lampadaires n'étaient pas encore allumés. Ils se dirigèrent vers l'avenue principale qui plongeait directement au cœur de la ville basse. La température avait chuté d'un seul coup avec le coucher du soleil, tous deux grelottaient. Lantos faillit prêter son pardessus à Fryda mais se ravisa en se disant que s'il tombait malade, il ne pourrait pas participer à l'événement organisé par Tazière International. Et à présent, rien ne comptait plus pour lui. Quelqu'un lui avait dit un jour que la chance n'était parfois au rendez-vous qu'une seule fois au cours d'une vie. Le plus important était d'en être conscient et quand celle-ci se présentait, il fallait se tenir prêt à la saisir. Que Martin Rusk les ait abordés ce soir-là au Seven & Blue en était bien la preuve.

Fryda se blottit contre Lantos, il l'entoura de son bras bien qu'elle soit un peu plus grande que lui. Il la haïssait souvent et pourtant des vagues d'affection le submergeaient parfois, sans qu'il ne s'y attende. Comme à cet instant précis où ils redescendaient à pied la colline des Métaux. Il était soulagé de n'avoir pu entrer en contact avec Ulli. Il préférait garder d'elle un souvenir que personne ne pourrait jamais lui voler. Ulli vivait en lui et c'est ce qui comptait vraiment, peu lui importait de pouvoir lui parler à présent. La sœur qu'il avait tant aimée continuait d'exister à l'intérieur de lui et cela ne s'éteindrait pas.

Une légère appréhension s'empara de Lantos à l'idée de se retrouver en bas de la ville dans à peine une demiheure. Au fur et à mesure de la descente, les trottoirs se couvraient d'ordures et se remplissaient de sans-abri errant tel un cortège d'ombres. Le gris et la misère devenaient de plus en plus palpables. Une colère sourde grondait en lui, il ne se résignait pas à accepter les incompréhensibles injustices qui perforaient le haut et le bas de cette grande cité, les montagnes dorées et la plaine de souffrances. *Est-ce possible de se hisser lentement vers le ciel et d'être enfin délivré ?* Malgré la proposition de Martin Rusk de participer à l'événement au Taromage Palace et la possibilité d'avoir accès à un monde qui l'avait toujours méprisé, Lantos ne se faisait pas trop d'illusions. Il se sentait finalement proche de Fryda. Comme lui, elle souffrait la plupart du temps. Comme lui, elle connaissait les rudesses du quotidien. Comme lui, elle ne pouvait compter sur rien ni personne.

— Fais ce que t'a conseillé Paul Colsson... Achète-toi une guitare... J'ai peur qu'on arrive à rien si tu t'obstines à jouer sur ta mandoline..., dit Fryda d'une voix angoissée.

— Tout se passera bien, ne t'inquiète donc pas comme ça...

Un vieil homme à la longue barbe grise et emmêlée, dissimulé sous une couverture trouée d'une saleté repoussante, s'approcha d'eux et leur marmonna quelque chose d'incompréhensible, la bave aux lèvres. Il empestait. Malgré le froid, Lantos s'aperçut qu'il marchait pieds nus comme tant d'autres. Lantos et Fryda étaient si habitués à croiser chaque jour cette réalité qu'ils ne reculèrent même pas. Tous deux gardaient le regard dans le vide, comme s'ils n'avaient pas vu l'homme. Puis ils le dépassèrent.

Lantos savait trop bien à quel point l'homme est capable de s'immuniser contre tout. Dans les pires moments de découragement, il se disait que cela ne servait à rien de lutter. C'était comme si une fourmi tentait de mettre à terre un éléphant. *Est-ce que tout est déjà écrit?* s'interrogea-t-il à voix basse, *à part peut-être la piqûre mortelle d'un insecte qui vous transporte dans une vie parallèle, une vie imaginaire qui s'avère être la véritable vie, celle que l'on doit vraiment vivre. Cette vie qui ne se révèle qu'au précipice des ténèbres et à laquelle chacun devrait s'accrocher pour garder une lueur d'espoir. Sans cette petite flamme vacillante nous ne serions rien jusqu'à notre dernier souffle.*

— Tu penses trop... Tu devrais penser à voix haute, lui dit soudain l'ange.

Lantos se retourna et le vit qui lui souriait et qui marchait à quelques mètres derrière lui. Cela faisait une éternité qu'il ne l'avait pas vu.

— Je croyais que tu ne viendrais plus, pensa Lantos.

Quand l'ange apparaissait, il avait remarqué qu'il n'avait pas besoin de parler. Au contraire, plus il communiquait avec lui dans son esprit, plus il avait l'impression que l'ange saisissait ses paroles. Ils s'engageaient parfois dans un dialogue silencieux qui durait plusieurs heures et que personne ne pouvait deviner. Fryda se demandait pourquoi Lantos avait l'air si absorbé par moments, il ne semblait pas lui prêter la moindre attention. Elle avait l'intuition que quelque chose lui échappait.

— Bravo ! lui souffla l'ange. On peut dire que c'est une belle surprise, dis-moi.

— Quoi donc ? l'interrogea Lantos.

— Martin Rusk, le concert à venir, le Taromage Palace...

— Regarde où je suis : retour à la case départ, je redescends la pente. Pour le reste, je le croirai quand je le verrai. Il me semble qu'il y a une fatalité, que les types comme moi restent pour toujours au mauvais endroit.

— Ne t'apitoie pas sur ton sort ! Est-ce que je ne t'ai pas toujours dit que tu t'en sortirais un jour ? Un ange dit vrai, tu devrais le savoir depuis le temps.

— Avoue quand même que c'est un peu bizarre, la seule personne qui croit en moi et qui m'encourage c'est toi...

— Et Fryda ? Et Martin Rusk ? Ils ne croient pas en toi, peut-être ?

— Fryda... Tu connais Fryda, elle ne croit pas en grand-chose, ni en moi, ni en elle, ni en rien... Quant à Martin Rusk, je ne l'ai vu que deux fois, c'est difficile de faire confiance à quelqu'un que l'on connaît si peu.

— Tu peux lui faire confiance. Tazière International ne confierait pas un poste aussi important à un guignol.

— Ce que tu peux être naïf...

— Pourquoi dis-tu cela ?

— Il n'y a qu'à te regarder...

— J'essaye juste de te faire comprendre que tu n'as pas de souci à te faire avec ce Martin Rusk, il est fiable.

— Si tu le dis.

Lantos se perdait dans ses pensées. Il se retourna une nouvelle fois, mais l'ange avait disparu. Il eut soudain envie d'éclater de rire : *la seule personne avec qui je peux parler librement est un ange, qui n'existe probablement pas.* Mais peu lui importait, il tenait Fryda par l'épaule et se sentait prêt à affronter le chemin qui le ramènerait dans peu de temps chez lui, au beau milieu de la ville basse.

Il contemplait les rues désolées, à la fois si familières et si tristes. Des hommes et des femmes criaient et se bagarraient. Lantos aurait voulu leur venir en aide, à tous. Il aurait voulu leur faire gravir les collines pour leur montrer ce qu'il venait de voir l'après-midi même. La paix et la tranquillité existaient bien quelque part et à moins d'une heure de tramway. Des quartiers où l'on ne connaissait ni la peur ni la violence et où la misère n'existait que dans les livres ou les films, pas dans la vraie vie. *Comment faire comprendre à ces malheureux que plus on s'approche du ciel, plus on a de l'espoir... Ce même espoir qui n'a pas sa place en bas, noyé dans le brouillard.*

L'avenue Van Frack était sûrement le pire endroit de la ville où se trouver, à cette heure où la lumière commence à décliner, avant de basculer dans le noir. Hurlements, règlements de comptes, deals. Les uns et les autres se cherchaient, marchandaient un bout de trottoir contre un peu de nourriture. Regards en biais, armes blanches dépassant des poches. L'atmosphère était électrique. Il fallait avancer vite, le regard baissé pour éviter les problèmes car on n'était jamais à l'abri d'un déséquilibré, comme il y en avait tant aux alentours, qui vous saute dessus.

Le rendez-vous chez Tazière International avait eu un drôle d'effet sur Fryda : au lieu de s'en réjouir, elle était complètement sonnée, comme si elle avait subi un énorme choc psychologique. Elle n'avait pas l'air de réaliser, ne s'étant jamais imaginé vivre un jour quelque chose de comparable.

Il faisait nuit quand Lantos ouvrit la porte de l'hôtel social à la façade décatie où se trouvait leur chambre. Les lumières de la cage d'escalier et des couloirs ne fonctionnaient plus depuis plusieurs mois, mais Lantos et Fryda étaient habitués à se déplacer dans l'obscurité. Comme personne ne se chargeait de nettoyer les parties communes, cela valait sûrement mieux.

Une fois dans la chambre, Fryda se précipita sur le lit, Lantos plaça avec soin la veste de son costume sur un cintre et l'accrocha dans le placard en métal qui lui servait de penderie. Il alla jeter un coup d'œil par la fenêtre : deux sans-abri étaient allongés côte à côte sur le trottoir d'en face, ils avaient placé une boîte en carton déchiré qui faisait office de toit. La pluie commença à tomber, Lantos détourna le regard. Le carton se courbait sous le poids de l'eau, le papier se déchirait à certains endroits puis se tordait complètement. Les deux personnes en dessous essayaient tant qu'elles pouvaient de raccommoder les bouts de carton amollis par la pluie, se recroquevillaient pour ne devenir qu'une forme indéfinissable, composée de deux corps ressemblant à un insecte géant. L'averse les forçait à se tourner dans tous les sens pour se protéger. Les restes du carton furent emportés dans le caniveau. Et l'on entendit des plaintes mêlées au bruit des gouttes de pluie.

Plusieurs jours passèrent ainsi sans que Lantos ne sorte de chez lui, sauf pour se rendre au Seven & Blue où il jouait chaque mardi, accompagné de Fryda. Le temps lui paraissait long, il tournait en rond et ne pensait qu'au rendez-vous qu'ils avaient eu avec Martin Rusk. Il craignait de ne plus entendre parler de lui, comme s'il avait rêvé tout ce qui s'était passé en haut de la colline des Métaux. Il avait placé trop d'attente dans cette entrevue. *Quel naïf j'ai été de croire qu'une entreprise aussi puissante que Tazière International ait besoin de moi et de Fryda, cela n'a pas de sens.* Il se savait doué, mais de là à croire que le monde d'en haut lui ouvrirait ses portes.

Un soir, n'en pouvant plus de traîner dans sa chambre en attendant que Fryda rentre du grand magasin, Lantos voulut aller prendre l'air près de l'océan, à quelques pâtés de maisons. Le port, bien que dangereux à certains endroits, était l'un de ses endroits préférés. Il aimait se promener sur les quais où étaient amarrés d'immenses bateaux de marchandises venant de pays inconnus. Des bribes de langues exotiques parvenaient jusqu'à lui. L'envie le prenait parfois de monter discrètement sur l'un d'entre eux. Il partirait alors découvrir d'autres coins de ce monde, dont il ne connaissait rien.

Il se faufilait parmi les énormes containers, de temps en temps des rats apeurés lui effleuraient les jambes avant de disparaître dans l'obscurité. Il percevait les murmures de ceux qui achetaient et possédaient des corps décharnés avant de repartir sur les flots. Les berges du port étaient à la fois la promesse d'un ailleurs mais aussi une ouverture sur les ténèbres. Lantos s'y sentait à sa place.

Quand finalement il rentra, Fryda était déjà endormie, seule une petite lumière sur le tabouret qui servait de table de chevet éclairait la pièce. Il aperçut son visage crispé malgré le sommeil, sa bouche était légèrement entrouverte, un filet de salive luisait au coin de sa lèvre inférieure.

Une enveloppe était posée sur une chaise, il l'ouvrit à la hâte, c'était le contrat de Tazière International : l'événement au Taromage Palace était bien confirmé pour le dernier jeudi du mois.

Lantos poussa un soupir qui semblait sortir du plus profond de lui-même. Il sentit à nouveau ses genoux se dérober et se jeta sur le lit. Un sourire béat illuminait son visage.

CHAPITRE 5

La lettre d'Aberoze — Perdu dans les nuages — L'homme au fusil — Retour à l'appartement — Fureur de Mme Soidnell — Sous le drap orangé

Allongé dans le champ de blé blondi par le soleil de juin, Lantos clignait d'un œil puis de l'autre. Le ciel était d'un bleu étourdissant, aucun nuage ne venait perturber cet océan perché. Les rayons étaient si vifs qu'il était presque impossible de ne pas constamment ouvrir et fermer les paupières afin de distinguer quelque chose. Il devait être aux alentours de midi et Aloïse Soidnell avait bien fait comprendre à Lantos qu'il devait être rentré avant deux heures.

Tous ses membres étaient engourdis et l'idée même de se relever lui tournait la tête. *Si j'essaye de me projeter aussi loin que je peux dans l'infini, je peux imaginer m'y perdre à jamais. M'éloigner de la terre pour toujours ne me fait pas peur. Je voudrais être aussi léger qu'une feuille pour m'envoler d'un coup de vent vers cet ailleurs.*

Cinq ans s'étaient écoulés depuis son arrivée chez les Soidnell, et mis à part le lien profond qui l'unissait à Ulli et Noël et à la musique, il trouvait peu de réconfort dans sa vie de tous les jours. La pratique intensive de la mandoline adoucissait heureusement son quotidien, mais ce qu'il préférait plus que tout, c'était se retrouver seul et s'évader dans ses rêveries. La ville de Vera Sol revenait souvent dans ses pensées. Ce qui la rendait à présent plus réelle à ses yeux était qu'il recevait de temps à autre une lettre d'Aberoze. Ce dernier, installé là-bas depuis plusieurs années déjà, n'avait jamais oublié les enfants qui l'avaient un jour aidé à y parvenir.

Peu après avoir laissé Aberoze dans le petit tunnel en dessous des rails où passaient les trains de marchandises, Ulli et Lantos étaient revenus au même endroit en cachette, à la nuit tombée, lui apporter des vivres et des cartes afin qu'il puisse trouver son chemin jusqu'à la grande ville. Le géant les avait tous deux serrés dans ses bras, à la lumière de la lune, qui avait pris une légère teinte rouge ce soir-là. Puis, après avoir consciencieusement écrit l'adresse des Soidnell sur le côté gauche de la semelle de sa chaussure, il s'en était allé sur la grande route, dans l'obscurité. Il s'était retourné une dernière fois pour leur faire un grand signe d'au revoir de la main.

Ulli et Lantos avaient attendu durant des mois des nouvelles d'Aberoze. Les saisons avaient passé et ils avaient fini par l'oublier. Jusqu'à ce qu'un matin de printemps leur parvienne une lettre avec un cachet où était écrit à l'encre verte *Vera Sol*. Ils tournèrent l'enveloppe, le nom d'Aberoze était inscrit au dos, suivi de son adresse. Les deux enfants n'en revenaient pas, ils se pressèrent pour l'ouvrir, les deux pages étaient couvertes d'une grande et belle écriture :

Vera Sol, le 5 mars XXXX

Mes chers amis,

Grâce à votre précieuse aide, j'ai finalement réussi à trouver la ville de Vera Sol ! Toutes les provisions et les cartes que vous m'aviez données m'ont permis d'arriver jusqu'ici... Je me dois de vous raconter ce qui s'est passé depuis que je vous ai quittés. Le chemin a été long.

Après nos adieux, j'ai repris la route qui traverse le désert en me dirigeant toujours vers le nord. Le froid a été bien difficile à supporter la nuit, mais grâce à toutes les boîtes de conserve, je suis parvenu à ne pas trop souffrir de la faim. Le plus dur a été la solitude à laquelle j'ai fait face durant de longues semaines : j'ai inlassablement continué mon périple sans jamais m'arrêter et il n'était pas rare de ne croiser personne pendant mes longues journées de marche. Je me parlais souvent à moi-même, juste pour entendre le son d'une voix. Ce silence me donnait mal à la tête et m'effrayait. Pour m'aider, j'ai essayé de me replonger dans mes souvenirs mais je me suis vite rendu compte que je ne me souvenais de rien. Juste de vagues impressions, surtout de la tristesse mais aussi l'ennui des longues heures où je baignais dans le sable, devant la Maison des enfants du désert... Me rappeler cela me plongeait encore davantage dans un gouffre d'isolement.

Il m'est souvent arrivé de penser à vous, Ulli, Lantos... Vous, les seules personnes qui me soient venues en aide... Et je dois dire que penser à vous m'a consolé de bien des tracas. Finalement, au bout d'une dizaine de jours de marche, ponctués de paysages désertiques et de plaines, où j'ai heureusement toujours trouvé une source d'eau pour me rafraîchir, j'ai vu se dessiner au loin l'océan et les collines de Vera Sol. J'en ai pleuré de soulagement. Sur la route, les voitures étaient de plus en plus nombreuses, j'ai essayé de faire du stop, mais personne ne s'est jamais arrêté, sûrement à cause de ma taille imposante...

J'ai d'abord voulu m'approcher de l'eau, moi qui tout comme vous n'avais jamais vu l'océan de ma vie. Je voulais contempler les vagues et la ligne d'horizon dont j'avais tant rêvé. Je suis resté plusieurs heures en dessous d'un immense pont métallique rouge qui surplombait la mer et reliait deux quartiers de la ville. J'ai trempé mes pieds dans l'eau fraîche, je n'avais rien senti d'aussi doux auparavant... J'étais donc arrivé à Vera Sol et je n'en revenais toujours pas. Je ne cessais de vous remercier à voix haute et j'espérais que mes paroles s'envoleraient jusqu'à vous...

J'ai ensuite marché vers le centre-ville et c'est là que j'ai découvert la plus grande des misères, une misère dont je n'aurais jamais soupçonné l'existence, moi, enfant du désert.

Vera Sol est immense. Je ne vous cacherai pas que

les premiers jours passés ici ont été parmi les plus difficiles de ma vie. J'ai dormi sur un bout de trottoir à l'angle de l'avenue Van Frack (la plus grande artère qui traverse la ville basse) et de la rue Turnod. Je ne vous décrirai pas les horreurs auxquelles j'ai été confronté là-bas, je ne pourrai pas trouver les mots pour vous raconter le calvaire que j'ai enduré. Finalement une bonne âme est venue à mon secours : une vieille femme qui travaille dans un foyer du quartier m'a dit que l'établissement cherchait un homme à tout faire pour aider au ménage et au bricolage, en échange d'un logement et de repas.

Je dors dans un petit débarras au rez-de-chaussée, j'ai bien du mal à m'y coucher de tout mon long à cause de ma taille, mais cela vaut mieux que de se retrouver encore à la rue. J'ai même droit à deux repas assez copieux chaque jour. Tout va bien.

Je vous écrirai à nouveau très bientôt. D'ici là, portez-vous bien. Travaillez à l'école et ne m'oubliez pas.

Votre ami,
Aberoze

Lantos, encore allongé parmi les épis de blé qui dansaient dans la brise, se souvenait de ce qu'il avait ressenti en lisant cette toute première lettre qu'Aberoze leur avait envoyée. Un mélange de joie à l'idée d'apprendre que leur ami était encore en vie, mais aussi une sorte d'effroi. À travers ces quelques lignes qui se voulaient plutôt rassurantes, il devinait la détresse d'Aberoze, le géant perdu dans la ville géante. Vera Sol lui apparaissait désormais comme une immense pieuvre dont les tentacules se refermaient sur tous ceux qui osaient l'approcher.

Lantos tenta à nouveau de se relever, mais il était comme accroché à la terre par des racines invisibles. Quand il perdait son regard dans le ciel, le temps lui semblait étirable : les heures et les minutes qui quadrillaient la journée étaient choses abstraites, elles tournoyaient dans les airs mais n'indiquaient plus rien. Ni le moment présent, ni le passé ou le futur. Tout restait en suspens.

Ses doigts se déplaçaient dans l'air, au-dessus de son ventre. Il jouait sur un instrument imaginaire et parvenait à entendre les arpèges qu'il était en train de dérouler sur les cordes. *C'est facile, la musique est en moi.*

Il repensait à la dispute une semaine plus tôt entre M. et Mme Soidnell. Il y avait eu des éclats de voix, des objets jetés contre les murs, des sanglots... Les trois enfants s'étaient serrés les uns contre les autres en attendant que ça passe. Puis une porte avait claqué et depuis ce jour-là personne n'avait plus revu M. Soidnell. Après l'incident, Aloïse Soidnell semblait encore plus perdue qu'à son habitude. Elle vivait comme une automate, traînait les pieds en se déplaçant dans l'appartement, ne sortait pratiquement plus et oubliait souvent de se nourrir et de leur donner un repas. Ulli, qui était l'aînée, avait vite pris les choses en main. Elle avait remarqué que M. Soidnell cachait ses économies sous une petite trappe juste en dessous de la table de la cuisine et, quand ils avaient faim, elle n'hésitait pas à prendre discrètement quelques pièces afin d'acheter des vivres qu'ils allaient manger dans leur cachette, sous le petit pont près de la voie ferrée.

Ils se demandaient tous les trois à propos de quoi M. et Mme Soidnell avaient bien pu se disputer, ils n'osaient pas trop en parler entre eux : ils redoutaient d'être le sujet de leur mésentente. Lantos et Ulli étaient malgré tout heureux d'être délivrés de l'enfer de l'orphelinat. Ils évitaient autant que possible de s'interroger sur le hasard qui les avait menés dans cette famille d'accueil plutôt que dans une autre. Noël, quant à lui, ne gardait aucun souvenir de la Maison des enfants du désert, ayant été adopté juste après sa naissance.

Une mouche vint se poser sur le front de Lantos, il tenta de la chasser sans succès. Chaque fois qu'il balayait l'air de sa main gauche, elle s'en allait un court instant avant de revenir exactement au même endroit. Au bout d'une dizaine de tentatives, Lantos capitula et laissa l'insecte explorer le dessus de son crâne sans intervenir. Le léger chatouillement des petites pattes sur sa peau faisait naître un sourire sur son visage, il s'imaginait que c'était les mains d'un être minuscule en train de le caresser délicatement, et il se laissait aller à ce bien-être. *Plus de deux mois sans aller à l'école*, se dit-il en savourant sa liberté. Rien de sa vie d'écolier n'allait lui manquer, ni ses condisciples, ni ses professeurs.

Les mêmes questions tournaient en boucle dans sa tête. *Pourquoi j'existe ? Pourquoi mes parents m'ont-ils abandonné ? Qui étaient-ils ? Pourquoi naît-on ici ou là ?* Elles ne le laissaient en paix que lorsqu'il était absorbé par sa mandoline. Il parvenait alors à oublier ses tourments, et tout le reste. Il avait commencé depuis peu à créer ses propres compositions et avait souvent l'impression qu'une personne invisible lui soufflait les notes et les mélodies qu'il jouait sur son instrument, un peu comme s'il avait été habité par une inspiration divine. Ulli était sa première admiratrice et le rejoignait désormais de sa belle voix grave. Elle improvisait en inventant des paroles mystérieuses. Des histoires du désert qu'elle, comme Lantos, avait si bien connu. Le frère et la sœur formaient un duo qui transportait ceux qui les écoutaient sur une terre lointaine, où la souffrance et le mal n'avaient pas leur place.

La mouche s'était à présent approchée de l'arête de son nez et Lantos tortillait son visage en essayant de la chasser à nouveau. Quand donc allait-elle le laisser tranquille ? Son vrombissement l'exaspérait et comme il avait l'oreille fine, il avait l'impression qu'elle n'était pas en rythme, elle bourdonnait trop vite par rapport au battement de ses ailes. Il aurait voulu la guider pour qu'elle trouve la bonne cadence mais il savait bien que c'était chose inutile.

La mouche prit son envol et quitta Lantos. Soulagé, il en éprouva pourtant un certain regret. Il fermait les yeux et se retrouvait dans l'appartement des Soidnell :

l'obscurité des petites pièces, les rais de lumière venant des fenêtres où valsaient des poussières, le bruit sourd et pesant des non-dits et le parfum de tristesse de Mme Soidnell flottant dans chaque recoin. Lantos avait parfois l'impression d'étouffer quand il restait trop longtemps entre les murs du logement et une envie irrépressible de s'enfuir le démangeait. *S'échapper. Respirer à l'air libre sans avoir à rendre de comptes à personne.* Il pouvait se transporter ailleurs grâce à la musique ou aux jeux qu'il inventait avec Ulli, mais rien ne valait une promenade dans la nature. Le murmure du vent dans les arbres ou une pause dans un champ, caché de tous. Comme il l'était à présent, le regard plongé dans l'infini du ciel.

Rien n'a plus aucune importance, ni ce que j'ai été, ni ce que je deviendrai. Seul le moment présent lui faisait comprendre la personne qu'il était vraiment, un petit rien perdu au milieu d'un grand rien. Lantos se plaisait à énumérer ce qui parvenait à le sortir de lui-même et à le rendre heureux : la musique, Ulli, les plongées dans l'inconscient et tant d'impressions et de sensations qui le confortaient dans l'idée que finalement tout n'était pas complètement vide de sens.

La trace blanche d'un avion se dessina dans le ciel et lui rappela que le monde était plus vaste qu'il ne l'avait longtemps cru du temps de la Maison des enfants du désert. Il ne se résumait pas au désert, à l'appartement des Soidnell et au champ de blé dans lequel il était allongé. Il se dit qu'un jour il aimerait découvrir d'autres endroits, rencontrer des personnes venues de pays lointains, parler des langues étrangères... Sa première escale serait à Vera Sol, puis de là il partirait vers d'autres destinations. Il fallait bien commencer quelque part. Il pensait aux autres enfants de son âge, allongés comme lui dans la nature, au même instant. Il se disait que leurs pensées étaient sûrement proches des siennes et se sentit soudain moins seul. Il était impossible qu'il soit l'unique être humain sur terre à ressentir ce décalage avec la réalité. Il était persuadé que d'autres le rejoignaient en pensée et que cela créait ainsi des ponts entre les êtres. *Mais peut-être n'était-ce que les bribes d'un songe ?*

En lui se dessinaient des paysages qu'il n'avait jamais soupçonnés auparavant. Cela lui donnait le vertige de penser que tout était si grand, que tout existait à l'intérieur et qu'il portait l'ensemble du monde derrière les barrières de son corps. Sous ses paupières, il pouvait aussi bien se retrouver dans le désert que dans des lieux qu'il n'avait encore jamais traversés.

À plusieurs reprises, il avait vu Aberoze dans ses rêves, perdu dans la grande cité de Vera Sol, et quelque chose lui disait que son ami avait besoin d'aide. Il ne comprenait pas pourquoi il en était si sûr. Est-ce que leurs esprits étaient connectés malgré la distance qui les séparait ? Il avait l'impression qu'une terrible catastrophe allait avoir lieu prochainement et n'arrivait pas à se raisonner à ce sujet. Il se demandait pourquoi il avait accès à toutes ces émotions, souvent imperceptibles pour d'autres...

— Qu'est-ce que tu fiches dans mon champ? prononça la voix grave d'un vieil homme.

Il cligna des yeux et aperçut à contre-jour une silhouette imposante qui portait un fusil en bandoulière. Lantos se releva d'un bond.

— Je m'excuse, monsieur, j'étais juste en train de...

— La ferme! Ce n'est pas un lieu public ici. Si tu as envie de te la couler douce dans l'herbe, c'est un parc qu'il te faut, pas mon champ. Tu as saccagé plusieurs mètres de blé... Donne-moi ton nom de famille, je vais t'emmener à la police, moi, tu vas voir...

— Mais, monsieur... Je n'ai... Je ne peux pas... Pas de nom de famille... Je suis seul... J'habite dans une famille d'accueil, ils vont me renvoyer si vous leur parlez... S'il vous plaît, monsieur.

L'homme pointa son fusil sur Lantos.

— Ta gueule. Ne bouge pas ou je tire. Tu vas immédiatement me dire le nom de ta famille d'accueil ou je te transforme en gibier.

— Soidnell... J'habite chez M. et Mme Soidnell.

— Jamais entendu ce nom auparavant. J'espère que tu ne te moques pas de moi au moins. Où est-ce qu'ils habitent ces Soidnell?

— En ville. Au numéro 14 de l'avenue Centrale. C'est l'appartement au deuxième étage.

— Bien. Viens, on y va tout de suite.

L'homme se mit à avancer d'un pas décidé, Lantos le suivit. Il était à tout juste quelques mètres derrière lui, l'homme ne se retournait pas et Lantos aurait très bien pu s'échapper sans se faire remarquer, mais quelque chose le poussait à rester dans le droit chemin et à faire profil bas.

M. Soidnell ayant déserté le foyer, il se dit que Mme Soidnell était si affaiblie depuis son départ qu'il était peu probable qu'elle le punisse juste parce qu'il s'était allongé quelques heures dans un champ de blé.

L'homme dont le fusil battait le long de son côté droit avait le visage fermé et les quelques passants qu'ils croisaient le regardaient d'un œil intrigué. Ils se demandaient qui était ce personnage fripé comme un vieux pruneau et muni d'une arme. On s'éloignait sur son passage.

Arrivé à la hauteur de l'immeuble des Soidnell, l'homme s'arrêta devant la porte avant de se retourner vers Lantos. Il lui demanda d'un ton autoritaire :

— As-tu les clefs ?

— Non, je n'ai pas le droit d'avoir les clefs de l'appartement. Il faut sonner ici.

Lantos indiqua un bouton à gauche de l'encadrement de la porte. L'homme sonna, on entendit la voix de Mme Soidnell à travers l'interphone :

— Qui est-ce ?

Lantos s'approcha pour parler :

— C'est moi.

Ils pénétrèrent tous les deux dans le hall de l'immeuble puis montèrent les étages en silence. Lantos commençait à ressentir une certaine nervosité à l'idée que Mme Soidnell puisse se fâcher violemment contre lui et le renvoyer à la Maison des enfants du désert.

Se retrouver en enfer pour avoir osé contempler le ciel, allongé dans la nature. Cela lui paraissait trop injuste... Tandis que la plupart de ses condisciples faisaient brûler des vieux pneus de voiture, lançaient des pétards dans les habitations et fumaient dans les bois.

Il aurait voulu prendre ses jambes à son cou, mais au lieu de cela il continuait à gravir les marches une à une.

Il frappa à la porte. On entendit le pas lourd et paresseux de Mme Soidnell qui s'approchait et cela lui sembla durer une éternité. Lantos fut pris de vertige, il se mit à transpirer à grosses gouttes. Elle ouvrit la porte, baissa d'abord la tête pour regarder Lantos, puis son regard remonta jusqu'à l'homme qu'elle dévisagea avec méfiance. Ce dernier la fixait d'un œil noir et son visage était dénué de la moindre expression. Elle prit la parole en premier :

— À qui ai-je affaire, monsieur ?

— M. Tandont, lui répondit-il sèchement.

Il pointa Lantos du doigt :

— Ce freluquet a détruit une bonne partie de mon champ de blé en s'y allongeant en cachette. Je l'ai trouvé confortablement installé en train de se faire rôtir au soleil. Il ne s'est même pas excusé. Vous feriez bien de mieux le surveiller, de ne pas le laisser traîner comme ça et détruire le travail et les récoltes d'honnêtes hommes comme moi. C'est inadmissible ! J'exige que vous me dédommagiez ou bien j'irai le dénoncer à la police ! C'est compris ?

— Ne criez pas, dit Mme Soidnell. Je suis sûre que mon garçon ne cherchait pas à faire de mal quand il est venu dans votre champ. Ce n'est pas une mauvaise pâte, il est juste un peu dans la lune de temps en temps, c'est tout...

— Un vaurien, oui ! lui rétorqua l'homme en crachant par terre.

Lantos, telle une tranche de jambon dans un sandwich, était toujours coincé entre Mme Soidnell et l'homme. Il aurait voulu détaler comme un lapin, mais il n'osait pas faire un seul geste.

Mme Soidnell reprit :

— Quelques mètres d'un champ de blé ne doivent pas coûter grand-chose, non ?

Elle alla chercher son porte-monnaie sur la commode à l'entrée de l'appartement.

— Voici dix, je pense que cela réglera l'affaire.

— Vous plaisantez, madame, lui répondit l'homme dans un rire nerveux. Pour tout ce que votre bâtard a détruit, trente ne serait même pas suffisant !

Mme Soidnell le dévisagea d'un air las.

— Je ne peux pas vous donner plus de vingt. Soit vous acceptez, soit ça ne sera rien du tout !

Elle lui jeta les billets au visage, agrippa violemment Lantos par le col de sa veste pour le faire entrer puis claqua la porte au nez de l'homme. Elle regardait Lantos avec rage, jamais il ne l'avait vue dans cet état-là. Elle s'approcha de lui comme si elle s'apprêtait à le mordre. Il eut juste le temps de courir jusqu'à sa chambre, heureusement Ulli vint à son secours et s'interposa entre Mme Soidnell et lui.

Le silence régna dans l'appartement durant les heures qui suivirent l'incident. Lantos resta enfermé dans sa chambre, Mme Soidnell dans la sienne, tandis que Noël et Ulli s'occupaient dans le salon sans faire de bruit.

Le jour commençait à décliner et Lantos, qui n'avait rien mangé depuis le matin, sentait la faim lui tirailler le ventre mais il n'osait pas bouger. Il regardait par la fenêtre le croissant de lune qui se découpait dans le ciel, il ne comprenait toujours pas ce qu'il avait bien pu faire de mal. Le fermier à qui il avait eu affaire était un fou, il n'avait aucune raison de s'énerver contre lui de la sorte.

Il se mit de nouveau à penser à Aberoze, il l'imaginait perdu dans la grande ville de Vera Sol et rien qu'à cette idée, il se sentit soudain très triste. Que pouvait-il bien faire en ce moment même ? Est-ce qu'il était en train de contempler comme lui ce fin croissant de lune ? Il avait beau être un géant, rien ne le protégeait contre l'abandon et la solitude. Comme lui, il n'avait jamais connu le réconfort d'une vraie famille. Ulli était là, bien sûr, et Noël aussi, il les considérait à présent comme sa sœur et son frère. Mais c'était comme s'ils étaient tous les trois prisonniers, dépendants de M. et Mme Soidnell... Enfin, à présent il ne restait plus que Mme Soidnell et cette idée l'inquiétait davantage encore. Elle était impénétrable, il ne savait pas de quoi elle était véritablement capable. Le simple souvenir de son regard furieux quelques heures plus tôt l'effrayait encore.

Il se demandait si M. Soidnell était parti pour toujours. C'était bien la première fois qu'il disparaissait ainsi et cela ne présageait rien de bon. S'il ne revenait jamais, Mme Soidnell, qui ne travaillait pas, serait incapable d'avoir trois enfants à sa charge et cela voudrait dire qu'il n'aurait plus d'endroit où habiter. Un enfant de son âge, livré à lui-même, était immédiatement placé. Jamais il ne pourrait supporter d'être séparé d'Ulli et de Noël... Il se sentait si faible qu'il finit par s'endormir.

Quand il ouvrit les yeux le lendemain matin, une lumière bleutée éclairait déjà la chambre. Il aperçut Ulli, allongée sur son lit, encore endormie. Noël, juste à côté d'elle, était recroquevillé en boule comme un hérisson. Le visage d'Ulli était paisible, elle souriait dans son sommeil et Lantos se demanda à quoi elle pouvait bien rêver... Peut-être tout comme lui à des endroits ou bien à des personnes qu'elle ne connaissait pas ? Des paysages enveloppants où l'on se perdait en oubliant tout.

L'épisode de la veille avec Mme Soidnell et le fermier au fusil lui paraissait si lointain, un peu comme si rien ne s'était vraiment passé, et pourtant, quand il repensait à l'homme avec son arme en bandoulière, il avait l'impression qu'il se trouvait encore à quelques mètres de lui, sa silhouette se découpant dans la lumière vive du soleil. Il se demandait si Mme Soidnell allait encore le fixer de ses yeux effrayants, et rien qu'à cette idée il se cacha sous les draps. Comme ils étaient orange, la couleur dans laquelle il baignait avait quelque chose de rassurant, il se sentait en sécurité et se dit qu'il sortirait de là seulement quand il entendrait son frère ou sa sœur se réveiller.

Cette couleur orangée lui rappelait les premières visions qu'il avait eues de la ville de Vera Sol après la piqûre du scorpion. Oui, c'était baigné dans cette même teinte que son inconscient lui avait soufflé les vérités cachées en lui. Les rêves ou les pensées simples ont chacun une couleur propre. Alors que le peu de souvenirs qu'il gardait étaient souvent bleus ou gris, ses pensées étaient, elles, beaucoup moins colorées, rose pâle ou blanches. La vie telle qu'il la voyait s'organisait comme la palette du peintre, une touche par-ci, par-là... Un peu plus de ça ici... Puis arrivait la mort et son noir impénétrable. Lantos se demandait pourquoi il était si difficile de l'envisager d'une autre couleur. Après tout, personne n'avait la preuve du noir de la fin, peut-être qu'elle serait rouge, ou même jaune. *Ne jamais être sûr de rien*, se murmura-t-il.

Il entendit un bruit dans le salon et reconnut les gestes de Mme Soidnell, à la fois lents et lourds. Il y avait quelque chose de désespéré dans cette musique, un peu comme si son esprit ne cessait de se cogner aux parois de son corps et qu'elle avait mal. Parfois, Lantos aurait aimé en savoir plus sur Mme Soidnell. Qui était-elle vraiment ? Lantos se doutait bien qu'il ne percerait probablement jamais le mystère de cette femme qui était devenue, par le plus grand des hasards, sa mère adoptive. Il se contentait de se faire le plus petit possible pour qu'on ne le remarque pas car, au prochain faux pas, il savait très bien que sa vie pourrait basculer. Plus de frère ni de sœur, plus personne pour le nourrir.

Ulli, qui se réveillait, aperçut une grosse boule sur le lit de Lantos, elle se leva et s'en approcha. De l'index, elle frappa doucement le tissu qui recouvrait la bosse et Lantos souleva le drap. Quand il vit le visage encore gonflé de sommeil de sa sœur, il oublia vite ses tourments et l'invita d'un signe de tête à le rejoindre, puis replaça le couvre-lit sur eux. La lumière orangée les protégeait à nouveau.

— Tu crois que Mme Soidnell sera encore fâchée contre moi aujourd'hui ? demanda timidement Lantos.

— Non, je ne pense pas... Ne t'inquiète pas. Depuis que M. Soidnell est parti, elle n'est pas dans son état normal. Elle n'a pas prononcé un mot depuis plusieurs jours et elle maigrit de plus en plus à force de ne pas manger. Il ne reste presque plus rien dans la boîte où est caché l'argent et je ne sais pas comment nous allons faire... On ne peut quand même pas aller voler dans les magasins...

— S'il le faut, nous le ferons.

Les enfants s'arrêtèrent de parler, ils étaient l'un et l'autre absorbés par leurs pensées et se demandaient ce qui allait bien pouvoir leur arriver. Si Mme Soidnell les chassait de la maison, Lantos n'excluait pas la possibilité de prendre la route pour Vera Sol, après tout, il y connaissait bien quelqu'un à présent. Aberoze lui était si reconnaissant qu'il l'aiderait sûrement. Est-ce qu'Ulli et Noël le suivraient s'il décidait de partir pour la grande cité ? Rien n'était moins sûr. Ulli ne prendrait sûrement pas le risque de mettre Noël en danger en entamant un si long périple, sans aucune ressource. S'ils ne venaient pas avec lui, il se retrouverait à nouveau seul et cette idée le fit tressaillir. Il se serra contre Ulli qui lui caressait doucement les cheveux, il avait l'impression qu'elle parvenait à entendre ses pensées. Il existait bel et bien un pont invisible qui le reliait à sa sœur.

Soudain, la porte de leur chambre s'ouvrit. Ils baissèrent immédiatement le drap au-dessus de leurs têtes. C'était M. Soidnell. Il était livide, comme s'il sortait d'une longue convalescence.

— Bonjour les enfants, lança-t-il d'un ton sinistre.

— Bonjour, répondirent en chœur Lantos et Ulli.

— Levez-vous immédiatement et venez vite au salon, nous prenons le petit déjeuner. Aloïse vous attend aussi.

Il disparut de l'encadrement de la porte. Lantos et Ulli se dévisagèrent, ils avaient encore du mal à comprendre ce qui venait de se passer. Mais ils pensèrent la même chose au même instant : le retour de M. Soidnell allait peut-être les sauver.

CHAPITRE 6

Répétitions — Balade au crépuscule — Cauchemar sur le bitume — Henri Rosaque — La disparition de Fryda — Appels nocturnes

Lantos et Fryda répétaient chaque jour les chansons qu'ils allaient interpréter lors de l'événement de Tazière International au Taromage Palace. Leur intervention ne durerait qu'une vingtaine de minutes, mais il fallait que tout soit parfait.

Fryda rechignait souvent à se mettre au travail, elle disait qu'elle n'en pouvait plus et qu'elle connaissait déjà par cœur toutes les parties qu'elle devait chanter et jouer au piano. Lantos était intransigeant, à la moindre fausse note ils devaient tout recommencer depuis le début.

— Notre spectacle doit marquer à vie les clients de Tazière International, ce sera un moment dont ils parleront encore des années plus tard, martelait-il.

Le salaire dont le montant était écrit noir sur blanc sur le contrat le faisait rêver. Avec cette somme, ils seraient tranquilles pendant au moins deux ans. Et la secrétaire avait même précisé :

— Si vous voulez recevoir la moitié en avance dès aujourd'hui, faites-le-moi savoir, bien sûr.

Mais Lantos ne voulait pas avoir l'air aux abois, et s'était dit qu'il valait mieux recevoir la totalité de la somme une fois l'événement passé. Quelques semaines encore à tenir, ce n'était pas grand-chose quand on avait déjà patienté toute une vie.

Les premiers signes du printemps étaient déjà visibles : les bourgeons pointaient sur les branches des arbres, les jours rallongeaient. La vie reprenait petit à petit ses droits. Cela venait contraster avec la misère qui ne cessait de grandir dans les rues de la ville basse, comme si la clarté printanière mettait en relief le désespoir ambiant. On entendait de plus en plus souvent le bruit des sirènes d'ambulances. Les individus devenaient chaque jour de plus en plus méfiants les uns envers les autres.

Lantos, loin de s'inquiéter, continuait ses répétitions avec acharnement. Il n'était jamais satisfait du résultat, ce qui le plongeait dans des abîmes d'angoisse et de doute. Il était fébrile du matin au soir. Fryda, quant à elle, se mettait souvent à pleurer et renversait son clavier en hurlant :

— Je n'en ai rien à foutre, moi, de Tazière International et de leurs clients ! Tu n'arriveras à rien tant que tu n'auras pas laissé tomber cette mandoline... À RIEN, tu entends ! C'est Paul Colsson qui l'a dit ! Tu le regretteras...

Elle se débattait sur le lit en donnant des coups de poing dans le vide et finissait souvent par s'endormir, épuisée.

Un jour que Fryda était partie travailler au grand magasin, las de ses heures passées à gratter son instrument, Lantos décida d'aller prendre l'air. C'était la fin de l'après-midi, le soleil commençait à décliner, imprimant des reflets orange sur les façades des immeubles. L'air était doux et sec, si agréable que Lantos en venait même à oublier le triste spectacle qui se jouait devant lui dans les rues. Son esprit vagabondait ailleurs, il se demandait à quoi pouvait bien ressembler le Taromage Palace, n'ayant jamais mis les pieds dans ce genre d'endroit. Il imaginait un immense bâtiment au beau milieu du désert. Une oasis artificielle entourait l'hôtel, de grands arbres étaient plantés dans l'allée principale, le hall, imposant, était recouvert de marbre rose, une fontaine était installée en son centre et une odeur de bois de santal titillait les sens. Le personnel était souriant et attentionné, les soucis n'avaient pas cours. Un jardin tropical s'ouvrait sur une immense piscine à jets, des clients sirotaient des cocktails en barbotant dans l'eau et en discutant de choses étrangères à Lantos. Oui, le Taromage Palace devait être ainsi et il avait hâte d'y aller. D'autant plus que la secrétaire de Martin Rusk lui avait précisé que Tazière International allait mettre une chambre à leur disposition pour la nuit qui suivrait l'événement. Il n'osait même pas imaginer ce que cela faisait de se réveiller dans un endroit pareil.

Tout d'un coup, Lantos buta contre quelque chose qui barrait son chemin et cela le sortit de sa rêverie. Il baissa le regard : sur le bitume gisait une femme recroquevillée, et Lantos fut parcouru d'un long frisson. Il s'accroupit pour lui venir en aide, mais le corps était raide et pesait très lourd, il souleva sa tête avec difficulté, la retourna vers lui mais, horrifié, la relâcha aussitôt. Elle était certainement morte depuis plusieurs heures déjà. Ses yeux étaient grands ouverts, sa peau grise et ses lèvres avaient pris une légère teinte verte. Il constata à ses haillons que la vieille femme était une sans-abri, comme il y en avait par centaines dans le quartier.

Lantos demeura tétanisé un long moment après sa macabre découverte, puis il prit la fuite. Il courait à perdre haleine parmi les rues de la ville basse. Pas une seule fois il ne se retourna. Il aurait dû prévenir la police, les pompiers ou l'hôpital pour signaler le cadavre, mais il était incapable de se calmer, ni de stopper sa course. Les rues devenaient de plus en plus sombres, la nuit approchait et Lantos courait aussi vite qu'il le pouvait.

Il s'arrêta dans une impasse pour reprendre son souffle et s'appuya contre un mur. Ses genoux se dérobaient et il se laissa tomber à terre. L'image de la femme inerte dans ses bras ne cessait de le tourmenter. Lantos se mit à trembler, il essayait pourtant de se raisonner, mais il se sentait découragé et enfonça la tête dans ses bras. Il s'assoupit à même le trottoir.

Il faisait désormais nuit, on entendait au loin l'agitation de la ville basse. Elle venait rythmer ses rêves : il se trouvait dans le petit intérieur désordonné des Soidnell en train de jouer de la mandoline dans le salon. Ulli, à sa droite, l'accompagnait au chant. M. et Mme Soidnell ainsi que Noël constituaient le public. Ils applaudissaient très lentement à la fin de chaque morceau, un peu comme si la scène était au ralenti. Leurs trois visages étaient immobiles, sans aucune émotion. Ils ressemblaient à des pantins de cire et Lantos, tout en continuant à gratter son instrument, se demandait s'ils étaient bien réels. Ulli, à côté de lui, avait pourtant l'air vivante, ses yeux pétillaient quand elle chantait et son regard enveloppant se posait régulièrement sur lui. Ulli était enfin revenue après toutes ces longues années d'absence. Ils étaient tous les deux libres, la musique comme seul pays. Ils n'avaient besoin de personne et se promenaient sur la partition qui se jouait dans leur cœur, les notes étaient intarissables. *Le chemin n'a donc pas de fin... Où a-t-elle bien pu partir ?* Il voulait lui poser une multitude de questions, mais ne parvenait pas à faire sortir le moindre son de sa bouche. Il était là en train de jouer de la musique auprès de sa sœur devant les Soidnell et le temps s'était figé dans une époque lointaine, disparue depuis longtemps.

Puis il se retrouva transporté au Seven & Blue. La salle était vide, mis à part la silhouette d'un homme dont il ne distinguait pas le visage dans l'obscurité. Il était assis dans le fond, près du panneau lumineux où était inscrit *sortie de secours*. Fryda et lui faisaient leur numéro, à la fin de chaque chanson, on n'entendait qu'une personne applaudir, c'était l'homme assis seul à sa table. Il ponctuait ses applaudissements par un rire caverneux qui semblait venir du plus profond de ses entrailles. Lantos et Fryda feignaient de ne rien remarquer et continuaient courageusement à jouer sur scène. Le spectacle était interminable et Lantos se demandait quand ils allaient bien pouvoir finir, mais il n'osait pas s'arrêter de lui-même. L'homme se leva au milieu d'un solo de mandoline et se dirigea lentement vers eux. Quand il fut enfin proche et éclairé, Lantos reconnut Martin Rusk. Ce dernier lui souriait bêtement, son regard était vide, il était hagard. Plus il s'approchait, plus son visage se déformait et devenait pâle. Finalement, quand Rusk fut à quelques centimètres de la scène, Lantos eut un sursaut de frayeur : la femme morte qu'il avait soutenue quelques heures plus tôt dans la rue le fixait en éclatant de rire, son teint avait la couleur du bitume. Il se réveilla.

Quand il ouvrit les yeux, il regarda autour de lui et découvrit l'impasse déserte. Il tenta de se relever mais n'avait aucune force dans les jambes et il lui fallut un bon moment avant d'être capable de se tenir debout. La tête lui tournait violemment, comme s'il était ivre, et il s'appuya contre le mur pour ne pas s'écrouler. Un chat sauvage s'échappa d'une poubelle et lui frôla la cheville. Il faisait nuit et Lantos devait retourner dans sa chambre, sinon Fryda allait s'inquiéter et se mettre une nouvelle fois dans tous ses états.

Sur le chemin du retour, il aperçut plusieurs sans-abri qui lui semblèrent agoniser, cela ne ressemblait à rien de ce qu'il avait pu voir auparavant. Il sentit une main lui taper sur l'épaule gauche et se retourna aussitôt. Un vieil homme de très petite taille, au visage sillonné de rides profondes, le fixait de ses yeux bleus translucides, derrière des lunettes à la monture cassée. Il portait une vieille veste en velours vert, tachée et rapiécée. Lantos le reconnaissait vaguement mais ne parvenait pas à retrouver son nom, ni l'endroit où il aurait pu faire sa connaissance. Non, vraiment, il avait beau chercher, impossible de savoir à qui il avait affaire.

— Lantos ! Tu n'as pas l'air de me reconnaître...

La voix du petit homme avait un timbre très particulier, nasillard.

— Si, si... Je sais... Oui, c'est toi...

— Arrête de me baratiner. Tu ne sais pas qui je suis et je vais te dire un truc, cela m'est bien égal. Tu fais un peu moins le fier quand tu es seul, sans mandoline entre les doigts, hein ?

— Euh... Je ne... Ma mandoline ? Mais pourquoi parlez-vous de ma mandoline ? Nous n'avons pas...

— Ta mandoline et ton insecte de femme. Ah, on fait moins le malin seul, dis-moi.

Lantos fit mine de passer son chemin, mais le petit homme lui barra le passage.

— Ne pense pas que tu vas t'en tirer aussi facilement, pour une fois que tu jettes un regard sur moi, je vais te dire, moi, qui je suis...

— Oui, qui êtes-vous ? lui lança Lantos sur un ton méprisant, tout en s'écartant.

— Le Seven & Blue le mardi soir, ça te dit quelque chose ?

— Le Seven & Blue ? Oui, évidemment que ça me dit quelque chose, j'y joue tous les mardis soir, en effet...

— Oui, tu ne m'apprends rien, tu sais...

— Avez-vous l'habitude de venir écouter de la musique là-bas ? Peut-être n'appréciez-vous pas ma manière de jouer ? Dans ce cas, je suis désolé, mais je n'y peux rien... Laissez-moi partir maintenant, dit Lantos d'une voix qui devenait plus agressive.

— Henri Rosaque, ça ne te dit rien, j'imagine ? Henri Rosaque, réfléchis bien Lantos...

— Bon, ça suffit maintenant. Je ne connais aucun Henri Rosaque, vous devez faire erreur.

— Ça ne te dit vraiment rien ? Et qui donc se produit sur scène juste avant toi au Seven & Blue depuis toutes ces années ? Qui donc, réponds-moi !

— Je crois qu'il y a un homme qui chante en jouant du piano... Mais en général je suis en train de me préparer à ce moment-là... Je ne le connais pas... Et puis zut à la fin, je n'en sais rien et je m'en fiche, voilà tout !

— Oui, je sais, Lantos... Et tu ne crois pas que c'est un problème, ça ?

— Mais quoi donc? Foutez-moi la paix, je dois rentrer...

— Il doit rentrer... Il doit rentrer, le pauvre... Maintenant tu vas me répondre, tu ne crois pas que cela soit un problème de ne jamais t'être demandé qui jouait avant toi au Seven & Blue? Jamais, bon Dieu! Le type qui joue avant toi, tu ne crois pas que tu aurais pu prendre le temps de venir l'écouter ne serait-ce que quelques minutes, juste par curiosité, depuis toutes ces années?

Le petit homme tenait à présent Lantos par le col de sa chemise. Il hurlait :

— Henri Rosaque c'est moi! C'est moi, tu entends! Et tu ne m'as jamais adressé un regard, un seul petit regard, même quand nous nous croisons au moment où je sors de scène et que toi tu y entres. Tu n'es qu'un enculé, Lantos! Un enculé, Lantos Soidnell!

Il lui cracha en pleine figure, Lantos était prêt à lui flanquer un coup de poing sur son visage fripé, mais se retint au dernier moment, mieux valait ne pas le toucher. Il sortit un vieux mouchoir en papier qui traînait dans sa poche et essuya le mollard qui avait atterri sur sa joue droite.

— Je suis profondément désolé, dit Lantos à mi-voix.

— Quoi? Répète un peu, ordure! hurla Henri Rosaque, rouge de colère et postillonnant dans toutes les directions.

— Je suis désolé, répéta Lantos en haussant légèrement la voix. Avant d'entrer en scène, je suis presque à chaque fois rongé par le trac et je n'arrive à me concentrer sur rien d'autre que mon numéro. Je m'excuse, Henri. Croyez-moi, je sais à quel point c'est difficile de se produire sur scène, encore plus dans des bars bruyants, comme le Seven & Blue, où le public ne prête guère attention à la musique. J'écouterai votre concert mardi prochain, sans faute. Fryda et moi serons ravis de discuter avec vous après.

— Il n'y aura pas de concert mardi prochain, trou du cul. Tu n'es pas au courant que le Seven & Blue a fermé ses portes hier pour une durée indéterminée comme tous les autres bars de la ville ? Toi et moi, on ne risque pas de se revoir de sitôt.

Henri Rosaque cracha à nouveau, cette fois-ci par terre, et continua son chemin sans même lancer un regard vers Lantos. Ce dernier n'était plus qu'à quelques minutes de chez lui, mais il lui était impossible de faire un geste. Il n'en revenait pas, le Seven & Blue fermé ! Son engagement là-bas était son seul revenu fixe. Comment allait-il subsister jusqu'à l'événement et la paye de Tazière International ? Il y avait le salaire de Fryda, mais cela ne suffirait pas pour tenir le coup tous les deux pendant encore deux semaines. Il regretta soudain amèrement de ne pas avoir accepté l'avance que lui proposait Tazière International. C'était lui tout craché : toujours passer à côté de ce que la vie lui réservait de bon. Comme une fatalité.

Lantos fut pris d'une quinte de toux, plus forte que celles qu'il avait connues jusqu'ici. Il avait du mal à respirer et s'appuya contre un lampadaire. Les derniers mètres à faire lui semblèrent un long chemin de croix. Il se sentait vidé. Le peu de force qui lui restait quelques minutes plus tôt l'avaient définitivement abandonné et les marches qu'il gravit péniblement avant d'ouvrir sa porte le laissèrent haletant.

Fryda n'était toujours pas là. Elle sortait pourtant du travail à sept heures du soir et il était à présent près de huit heures et demie. En général, elle se hâtait de rentrer une fois sa journée terminée. *A-t-elle croisé une connaissance en chemin? Ou s'est-elle arrêtée dans un de ces bars sordides sur l'avenue Lax pour prendre un verre? Mais non, impossible. Henri Rosaque vient de me dire que tous les bars de la ville ont fermé*. Pourtant, il avait remarqué depuis plusieurs semaines déjà qu'elle sentait l'alcool en début de soirée, quand il s'approchait d'elle. Il n'avait bien sûr pas osé lui faire de réflexion mais il se doutait bien qu'elle buvait en cachette, il voyait son visage se creuser un peu plus chaque jour, des cernes violacés entouraient ses yeux verts et renforçaient leur expression inquiétante.

Les heures passaient et Fryda ne revenait pas. Il n'avait aucun moyen de la joindre et se demandait ce qui avait bien pu lui arriver. Elle était si imprévisible, elle aurait très bien pu se mêler à une bagarre de rue ou voler quelque chose dans un magasin... Comme si une force invisible la menait toujours vers les ennuis. Lantos avait beau la mettre en garde et tenter de la rassurer, chaque fois elle n'en faisait qu'à sa tête.

À une heure du matin, il parvint à s'assoupir et fut une nouvelle fois en proie à de multiples cauchemars, plus effrayants les uns que les autres. Henri Rosaque lui courait après, muni d'un immense bâton en bois, il lui criait des injures en crachant par terre. Lantos était essoufflé à force de le fuir, il ne trouvait refuge nulle part et Henri Rosaque ne cessait de se rapprocher. Puis Fryda apparut dans un autre songe, entièrement dénudée, son corps enveloppé d'un immense python, elle regardait Lantos avec des yeux lubriques et lui disait *lui au moins sait s'y prendre avec les femmes, pas comme toi. Il n'a pas peur, ni de moi, ni des autres.* Elle éclatait d'un rire angoissant qui effrayait Lantos. Il cherchait à s'enfuir mais la porte de la pièce où il se trouvait était fermée à double tour, il hurlait *laissez-moi sortir ! Laissez-moi sortir !* Finalement la porte cédait sous les coups et il apercevait la vieille femme morte qu'il avait prise dans ses bras, elle lui parlait dans une langue qu'il ne comprenait pas. Elle avait l'air de lui tenir un discours moralisateur, sa bouche se contractait sévèrement et, de temps à autre, elle pointait son index vers lui avec reproche, comme une maîtresse d'école. Il transpirait dans son sommeil et se retournait dans tous les sens.

Il se réveilla en nage, jeta un œil sur les aiguilles phosphorescentes du réveil. Il était trois heures cinquante-deux. Il palpa le lit, Fryda n'était toujours pas là. Il lui était certainement arrivé quelque chose de grave. Il alluma la lumière en appuyant sur l'interrupteur mural, à gauche de son oreiller. Il lui fallut quelques minutes pour habituer ses yeux à l'éclairage cru de l'ampoule accroché au plafond par un fil électrique. Fryda avait-elle eu un accident? Il allait signaler sa disparition à la police. Sa ligne téléphonique avait été coupée depuis quelques jours car il n'avait pas payé une facture, il devait descendre à l'accueil. Les hôtels sociaux du quartier disposaient presque tous d'un téléphone dans les halls d'entrée, que les plus démunis pouvaient utiliser. Les appels étaient gratuits, mais limités à la ville de Vera Sol.

Lantos, qui s'était endormi tout habillé, n'eut qu'à enfiler son pardessus avant de sortir de la chambre. Les couloirs étaient encore plongés dans l'obscurité. Une moquette râpeuse recouvrait un vieux parquet et de nombreux clients avaient l'habitude de traîner sur les paliers pour discuter et boire des verres. L'alcool incrusté depuis des années rendait le sol collant et il fallait parfois s'y prendre à deux fois pour décoller ses semelles. Les veilleuses des issues de secours lui permirent de trouver son chemin jusqu'à la cage d'escalier. Il croisa le gros Georges qui habitait l'hôtel depuis plus d'une vingtaine d'années. Il fournissait les toxicomanes de l'établissement en drogues et médicaments de toutes sortes. La direction l'avait menacé d'expulsion à plusieurs reprises, mais avait fini par admettre que le gros Georges contribuait à maintenir une certaine tranquillité dans l'hôtel. Les clients en manque n'avaient pas besoin de traîner dans les rues tant qu'ils pouvaient se fournir auprès de lui.

Le gros Georges était chauve, rasé de près, il dégageait une odeur poivrée d'after-shave et portait un costume trois-pièces parfaitement repassé. Son ventre avait presque la taille d'un canapé de salon et il avait du mal à se déplacer tant son poids lui faisait perdre l'équilibre. Les poches de son costume étaient pleines de substances illicites, ce qui ajoutait encore des couches d'épaisseur à son corps de bibendum. En plus des paradis artificiels qu'il distribuait aux uns et aux autres, il était apprécié par tout le monde. Il savait résoudre les problèmes, apaiser les querelles et faisait preuve d'une grande discrétion quand quelqu'un venait se confier à lui.

— Lantos, qu'est-ce que tu fais à traîner comme ça, à cette heure ? Tu n'arrives pas à dormir ?

Le gros Georges lui fit un clin d'œil.

— Non... Je... J'étais en train de dormir. Je ne sais pas trop quoi faire... Fryda n'est pas rentrée du travail ce soir... Elle a disparu.

— Tu es sûr qu'elle ne s'est pas fait la malle avec un autre, dis ?

Il lui refit un clin d'œil. Lantos, impatient, lui répondit d'un vague signe de la main puis dévala l'escalier.

Dans le hall éclairé par un néon blanc régnait un lourd silence, interrompu régulièrement par les ronflements du gardien de nuit qui dormait sur un lit de camp, dans un petit bureau derrière l'entrée principale. Un vieux téléphone se trouvait sur une table basse en bois, Lantos décrocha le combiné et composa le numéro de la police. À l'autre bout du fil, une voix féminine lui demanda de patienter un instant. Puis une voix d'homme lui répondit :

— Que puis-je faire pour vous ?

— Je voudrais signaler une disparition.

— Oui, ne quittez pas.

Une musique se fit entendre, Lantos se disait qu'il valait mieux ne pas être dans l'urgence, la police ne semblait pas très pressée. Finalement une troisième voix, à nouveau féminine, lui demanda ses nom et adresse.

— Lantos Soidnell, dit-il en s'efforçant d'articuler.

— Bien. Quel est le nom de la personne disparue ou plutôt que vous supposez disparue ?

— Fryda T.

— Donnez-moi son âge et une description physique, la plus simple possible s'il vous plaît.

— Trente et un ans. Cheveux bouclés noirs, yeux verts, visage et corps très maigres, s'habille avec des vêtements colorés. Le regard est flou, comme brouillé.

— Pensez-vous qu'il y aurait une raison pour que cette personne décide de mettre fin à ses jours ?

— Quoi ? Euh... Non, je ne vois pas... Elle serait incapable de se faire du mal, la seule chose qui intéresse cette personne c'est... elle-même. Elle s'aime trop pour se faire disparaître.

— A-t-elle des problèmes d'argent ?

— Comme tout le monde, oui... Mais elle travaille dans un grand magasin et parvient à subvenir à ses besoins. En plus de cela nous avions un engagement hebdomadaire dans un bar qui vient de fermer...

— Oui, bien sûr...

— Nous avons encore pu jouer là-bas il y a quatre jours...

— Sinon, avez-vous essayé de rentrer en contact avec sa famille ? Ses amis ?

— Non.

— Pourquoi donc ?

— Je ne connais ni ses amis ni sa famille. Je ne connais rien d'autre d'elle qu'elle.

— Monsieur, je dois vous informer que nous recevons beaucoup d'appels de ce genre en ce moment pour signaler des disparitions... Si jamais la personne que vous recherchez a été trouvée évanouie ou sans vie dans la rue, c'est la cellule d'urgence des disparitions de Vera Sol qui pourra vous renseigner, plutôt que nous. Nous ne travaillons plus dans ce domaine-là.

— Je comprends, répondit Lantos d'une voix blanche.

— Voulez-vous le numéro de la cellule d'urgence des disparitions de Vera Sol ? Ils pourront peut-être vous renseigner...

— Je vous remercie...

— 498739. Au revoir, monsieur. Bon courage.

Lantos raccrocha. Il était sonné, comme s'il venait de recevoir un énorme coup de marteau sur la tête. Disparition... Fryda... Il ne parvenait pas à associer ces deux mots et pourtant cela devenait de plus en plus probable. *Non, c'est impossible...* En y réfléchissant encore, il se rappelait qu'elle s'était plainte le matin même et n'avait pas voulu sortir du lit, pestant une fois de plus qu'elle n'était pas faite pour travailler. Mais rien ne lui avait paru vraiment anormal dans son comportement, ni dans son état de fatigue, plutôt chose courante chez elle.

Avec les années, il avait la curieuse impression de la connaître par cœur et, à la fois, d'ignorer tout d'elle. La plupart du temps, il lui semblait qu'elle jouait la comédie. Elle était avec lui, mais il savait qu'elle aurait très bien pu être avec un autre. À ses yeux, tout et tous étaient interchangeables. Comme il l'avait expliqué à la policière un peu plus tôt, elle ne s'intéressait qu'à sa propre personne, le reste de l'humanité était pour elle une masse aux contours informes, où elle venait piocher en fonction de ses besoins.

Lantos hésitait à appeler le numéro de la cellule d'urgence des disparitions de Vera Sol. Une partie de lui préférait rester dans le doute et ignorer ce qui avait bien pu arriver à Fryda. Après tout, rien ne l'attachait à elle, à part ces quelques années recouvertes d'un voile opaque où ils s'étaient retrouvés un peu par hasard à vivre un semblant de quotidien, l'un à côté de l'autre.

Ce n'était pas la disparition de Fryda qui allait l'achever, il en fallait plus pour le mettre à terre. La ville entière pouvait bien s'écrouler devant ses yeux, il resterait en vie. Depuis qu'il avait son contrat avec Tazière International, rien ne pouvait l'atteindre.

Les ronflements du gardien de nuit lui rappelèrent

qu'il n'était pas seul. Dehors, on entendait encore des cris et des sirènes d'ambulances et de police. Il se décida finalement à composer le numéro des disparitions. Il tomba directement sur une musique préenregistrée et crut reconnaître une chanson que Mme Soidnell fredonnait de temps en temps dans son enfance, le soir quand elle venait leur dire bonne nuit :

Blanc est le sommeil de la lune
Dors, lune
Vert, le sommeil du palmier
Dors, palmier
Rouge est le sommeil de la fleur
Dors, fleur
Bleu, le sommeil des enfants
Dormez, les enfants
Tout sera bleu
Dormez mes enfants
Tout sera bleu

Les minutes défilaient et personne ne lui répondait, il regarda ses pieds et s'aperçut qu'il était descendu sans même prendre le temps d'enfiler des chaussures. Ses pieds le dégoûtaient : la plante était noire, couverte de poussières collées, les ongles, qu'il n'avait pas coupés depuis plusieurs semaines, s'étaient transformés en cors épais d'une couleur jaunâtre, des poils recouvraient ses orteils. Il pensa soudain que ses pieds étaient à l'image des errements de sa vie. Il avait beau les dissimuler sous des chaussettes et des chaussures bien cirées, ils n'en restaient pas moins le reflet de son improbable personne. Il se mit à rire intérieurement en pensant aux clients invités à l'occasion de l'événement au Taromage Palace. S'ils devinaient à quoi pouvaient bien ressembler ses pieds, ils prendraient certainement leurs jambes à leur cou. *On a ce qu'on mérite*, se dit-il à voix basse, *et je ne mérite rien d'autre que ces pieds.*

À l'autre bout du combiné, on lui répondit enfin :

— Allô, je peux vous aider ?

— Oui... Je voudrais savoir si vous avez des renseignements sur une personne qui a peut-être disparu... Disons qu'elle n'est pas rentrée du travail hier soir... Et... Euh... J'ai déjà signalé sa disparition à la police qui m'a conseillé de vous appeler... Donc, je venais juste...

Il fut interrompu brusquement :

— Nom, âge, lien de parenté avec la personne recherchée...

— Fryda T., trente et un ans, une amie proche. Cheveux bouclés noirs, yeux verts, visage et corps très maigres, s'habille avec des vêtements colorés.

— Ne quittez pas.

Lantos entendit à nouveau la musique préenregistrée. Son esprit était vide, comme s'il avait renoncé à quelque chose et qu'il n'attendait plus rien. Une voix intérieure lui disait que Fryda allait revenir et qu'ils pourraient se produire tous les deux à l'événement. *Après tout, même si on ne la retrouve pas, je peux parfaitement me débrouiller tout seul ou même engager une autre chanteuse. Fryda n'est pas irremplaçable...* Cette idée lui soulagea le cœur bien qu'il eût pleinement conscience de son égoïsme. En fin de compte, peu lui importait d'être renseigné sur le sort de Fryda, du moment qu'il avait la garantie qu'il pourrait assurer sa prestation. *La vie est ainsi faite, si étrange... On est proche de quelqu'un et le lendemain, cette même personne ne signifie absolument plus rien pour nous*, pensa-t-il.

— Allô, monsieur, vous êtes toujours en ligne ?

— Oui.

— Nous avons peut-être retrouvé votre amie. Une personne pouvant correspondre à la description que vous venez de faire a été retrouvée sans vie sur l'avenue Van Frack à vingt heures quinze, mais il est possible qu'elle soit morte bien avant cette heure. C'est si difficile de savoir précisément ce genre de chose...

— Je pense que vous devez vous tromper... C'est impossible que... Savez-vous de quoi cette personne est morte ?

— Non, les tests que nous avons effectués ne nous ont pas encore renseignés. Allez-vous procéder à une identification du corps dans les prochaines heures ? Je vous donne notre adresse, vous avez de quoi noter ?

Lantos raccrocha et, une fois dans sa chambre, il se lava les pieds et se coucha sans éteindre la lumière.

CHAPITRE 7

Réveil et malaise — Coup de fil à Martin Rusk — Tramway vers la ville haute — Lantos, petit garçon — Devant Tazière International — Revoir le désert

Lantos se réveilla le lendemain en début d'après-midi, l'esprit encore embrumé par une succession de rêves, tous plus violents les uns que les autres. Il essayait de se remémorer les événements de la veille, mais tout lui semblait irréel, comme si rien ne s'était vraiment passé. Pourtant Fryda n'était toujours pas revenue. Il mit quelque temps à se souvenir de l'appel à la cellule d'urgence des disparitions de Vera Sol... Il ne voulait pas croire ce qu'on lui avait annoncé : une personne correspondant à la description qu'il avait faite de Fryda trouvée inanimée dans la rue... Morte. Rien ne tenait debout. Fryda, qu'il avait quittée la veille, ne pouvait pas être morte comme ça, d'un seul coup. Quelle absurdité ! Il se dit que, décidément, on ne pouvait faire confiance à personne.

En se levant du lit, il sentit un léger étourdissement, mais n'y prêta guère attention. Il fit une toilette rapide dans le petit lavabo qui lui servait aussi pour la vaisselle. Il jeta un œil dans le miroir accroché juste en face de lui. *Mon visage est creusé, j'ai de grandes poches violacées sous les yeux, mes traits sont crispés par l'angoisse... Mais... Mais je ressemble à Fryda...*, se dit-il effrayé. Il fallait désormais entrer en contact au plus vite avec Martin Rusk afin de le prévenir que la représentation au Taromage Palace risquait de se passer sans elle. Lantos devrait faire tout son possible pour le rassurer à ce sujet et surtout ne pas le mettre devant le fait accompli. Il lui laisserait entendre (sans avoir l'air d'être prétentieux ou de se vanter) qu'après tout la qualité de leur spectacle reposait sur lui et lui seul, et que Fryda n'était que secondaire, elle pouvait facilement être remplacée... *D'ailleurs, j'ai déjà des idées en tête... Désirez-vous que nous en parlions tous les deux? Un rendez-vous serait sans doute nécessaire... Chez Tazière International... Oui, bien sûr, aucun problème...* En se rasant, Lantos se coupa juste en dessous de l'oreille gauche. Il observa le filet de sang qui descendait pour se perdre d'abord dans le cou puis sur la courbe de son épaule. Il avait l'impression qu'une longue larme rouge le caressait. Cela faisait des années qu'il n'avait pas pleuré, et voilà que son sang lui rappelait qu'il avait encore le choix de s'effondrer devant la vie. À cette idée, il sentit un regain d'énergie s'emparer de lui. Il nettoya la blessure en se rinçant, puis s'habilla. Il fut pris d'un nouvel étourdissement en s'asseyant sur la chaise. Il se sentait si faible qu'il s'allongea quelques minutes sur le lit, des gouttes de sueur perlaient à son front. Il s'aperçut soudain qu'il n'avait rien avalé depuis la veille, en début de journée. Avant toute chose, il fallait qu'il se nourrisse, il appellerait ensuite Martin Rusk. La faim fait souvent tenir des propos incohérents, mieux valait être au meilleur de sa forme avant de lui expliquer comment il envisageait le déroulement de sa prestation pour Tazière International. Quelque chose brûlait en lui à l'idée de pouvoir enfin s'en sortir. Avec ou sans Fryda, rien ne l'empêcherait d'y arriver.

Il descendit pour appeler Martin Rusk. En bas, il découvrit le hall beaucoup plus animé qu'en pleine nuit. Un jeune homme musclé et entièrement tatoué sur le visage et les bras avait remplacé le veilleur de nuit. Le téléphone était déjà occupé par une femme aux cheveux emmêlés qui dégageait une forte odeur de renfermé. Lantos, qui était à jeun, fut pris de nausées et se dirigea vers le distributeur automatique. La sélection proposée ne lui donnait guère envie, mais il se décida finalement pour une barre chocolatée fourrée au caramel. *Après tout, c'est mieux que rien.* Il acheta également un café et lorsqu'il but une gorgée, il lui fut difficile de ne pas recracher immédiatement la boisson au goût de terre.

La femme n'avait toujours pas libéré le téléphone, elle poussait des gémissements et se frappait compulsivement la cuisse à la fin de chaque phrase. À un moment, elle tira si fort sur une mèche de ses cheveux qu'elle l'arracha. Elle continua la conversation comme si de rien n'était, la mèche dans sa main. Au bout d'une demi-heure, elle raccrocha et cracha sur le combiné, puis s'éloigna en proférant des obscénités. Lantos essuya méticuleusement les postillons sur l'appareil. Puis il composa le numéro de Tazière International :

— Tazière International, j'écoute.

— Je voudrais parler à Martin Rusk, s'il vous plaît.

— Qui dois-je annoncer ?

— Lantos... Vous pouvez lui dire que M. Lantos Soidnell souhaite lui parler.

— Très bien. Ne quittez pas, monsieur Soidnell.

Lantos dut une nouvelle fois écouter une musique enregistrée. Il avait l'impression de vivre le même instant que la nuit, obligé de patienter avant de parler à quelqu'un de la cellule d'urgence des disparitions de Vera Sol. Il se disait qu'au moins les mélodies ne se ressemblaient pas du tout d'un jour sur l'autre. L'attente lui paraissait interminable, il jeta un regard sur l'homme tatoué et musclé à l'accueil qui était absorbé par des mots croisés.

— M. Rusk ne peut pas vous parler, il vous rappellera.

— Mon téléphone est en dérangement, je préfère le contacter moi-même. Je ne veux pas le déranger sur sa ligne directe... Savez-vous à quelle heure il sera joignable ?

— Non... Pas exactement, je regrette.

— Bien... J'essayerai de le rappeler un peu plus tard alors.

— Très bien, monsieur, lui répondit sèchement la voix.

Quand il raccrocha, il eut un pressentiment, quelque chose était en train de lui échapper... Cela grandit en lui, il avait la tête qui tournait. Qu'entendait-elle par : « Pas exactement, je regrette »? Il était à présent persuadé qu'on venait de lui mentir et que Martin Rusk n'avait pas voulu lui répondre. On lui cachait quelque chose. D'abord Fryda et maintenant Martin Rusk... Tout le monde essayait de se jouer de lui, mais il ne se laisserait pas faire aussi facilement.

Il remonta dans sa chambre pour prendre le temps de réfléchir à la manière la plus rapide d'entrer en contact avec Martin Rusk, il ne pouvait pas risquer de rater l'événement au Taromage Palace uniquement parce que Fryda avait disparu. *Non, cela ne se passera pas comme ça*, grommela-t-il en tapant du poing sur la table. Plutôt que passer des heures à tenter de le joindre au téléphone, mieux valait se rendre directement chez Tazière International. Une fois là-bas, il serait plus facile de lui expliquer de vive voix comment il envisageait le déroulement de la représentation, seul ou bien avec une autre chanteuse, tout était possible... Tel était le message qu'il voulait faire passer à Martin Rusk : *tout est possible avec moi.*

Il sortit de l'armoire son vieux costume élimé et s'habilla, il lui restait quelques pièces dans son pardessus avec lesquelles il pourrait payer le ticket du tramway pour se rendre tout en haut de la colline des Métaux.

L'idée de se retrouver dans peu de temps au centre de la ville haute le rendait heureux. La disparition de Fryda était désormais comme une histoire ancienne, quelque chose qu'on lui aurait raconté il y a fort longtemps. Il éprouvait une sorte de sentiment de liberté.

Il palpa la poche de sa veste et trouva la dernière lettre qu'il avait reçue d'Aberoze, quand il habitait encore chez les Soidnell, il y a de cela une éternité. C'était l'année de ses treize ans, juste deux ans avant de s'enfuir pour Vera Sol. Il gardait les paroles écrites du géant comme un talisman qui l'accompagnait partout dans les moments de sa vie qu'il considérait comme importants. Il sortit le papier jauni de l'enveloppe :

Vera Sol, le 7 décembre XXXX

Mes chers Ulli, Lantos et Noël,

Voici plusieurs mois que je ne vous ai pas donné de mes nouvelles. Il faut dire que j'ai traversé des moments bien difficiles et je n'avais pas envie de vous inquiéter avec mes histoires.

Je suis à chaque fois si heureux de recevoir vos lettres, cela me donne l'impression d'être un peu avec vous. Est-ce que Noël a retrouvé sa colonie d'escargots ? Et toi, Lantos, est-ce que ton poignet va mieux ? J'espère que oui et que tu peux enfin rejouer de la mandoline. Même si je ne t'ai encore jamais entendu, parfois quand je pense à toi, je ferme les yeux et j'ai l'impression qu'une douce mélodie arrive jusqu'à moi, comme si tu donnais un concert juste pour Aberoze... Cela me réchauffe le cœur. Et toi, Ulli ? Voilà des années que je ne t'ai pas vue, mais je peux imaginer la belle jeune fille que tu es sûrement devenue, si intelligente. Tu es une personne rare.

Je n'oublierai jamais ce que vous avez fait tous les trois pour moi et je ne vous le répéterai jamais assez.

Même s'il m'en coûte, je me dois de vous donner de mes nouvelles, elles ne sont malheureusement pas bonnes. Le foyer où je travaillais et où j'avais trouvé refuge a fermé ses portes il y a quelques mois. Les pensionnaires ainsi que les quelques membres du personnel, dont je faisais partie, se sont retrouvés à la rue du jour au lendemain. Le petit débarras où j'avais installé mes affaires et où je dormais était loin d'être confortable, mais j'y avais mes habitudes et tout est mieux que le bitume.

J'ai retrouvé la violence de la rue, la misère et la faim et depuis quelques semaines, j'ai du mal à me lever, j'ai le souffle court. C'est comme si tous mes muscles étaient engourdis, je peine pour parler. Il me faut reprendre ma respiration entre chaque mot... Je ne vais pas bien et les rues de Vera Sol sont une telle jungle, personne ne me vient en aide. De temps en temps, une âme charitable me glisse une petite pièce dans la main ou quelque chose à manger, mais cela ne suffit pas à me redonner des forces. Chaque jour qui passe est un peu plus difficile que le précédent, c'est pourquoi je voulais vous écrire une dernière lettre, avant de ne plus en être capable. J'ai réussi à me procurer un crayon et un bout de papier, il me reste tout juste assez pour le timbre. Vous êtes les seules personnes à qui je souhaite dire adieu avant de rejoindre les profondeurs du ciel. Je ne me fais pas trop d'illusions, je sais bien que mon heure est proche. De là-haut, je vous protégerai à ma façon, j'aurai toujours un œil sur vous, où que vous puissiez aller.

Ne venez jamais à Vera Sol. Le simple nom de la grande cité vous fait sûrement rêver, mais c'est un endroit cruel où le malheur est présent à chaque coin de rue. La vie ne m'a jamais gâté, mais il me restait un peu d'espoir avant d'arriver ici... Vera Sol a bel et bien détruit tout ce qu'il y avait de bon et de positif en moi et m'a plongé dans une misère dont je ne soupçonnais même pas l'existence avant d'arpenter ces trottoirs de tristesse.

Vous, orphelins comme moi, n'avez personne vers qui vous tourner, à part peut-être votre famille d'accueil, mais j'ai cru comprendre que vous ne pouviez pas vraiment compter sur M. et Mme Soidnell, ils ne vous donnent pas toute l'attention et la tendresse que vous méritez. En grandissant, vous serez sûrement tentés de prendre le large et de découvrir de nouvelles contrées. Je vous mets en garde une nouvelle fois : ne mettez jamais les pieds à Vera Sol. Cette ville n'est pas faite pour les humains, elle est si injuste qu'elle ne récompensera jamais ceux qui le méritent. Ne prenez pas mes avertissements à la légère, combien regrettent d'avoir un jour foulé son sol et de s'être laissés engloutir dans ses sables mouvants... Il est si difficile, presque impossible de s'en échapper une fois qu'on y est entré, même avec la plus grande volonté du monde.

Je veux vous écrire encore quelques lignes avant de vous laisser. N'oubliez pas votre ami Aberoze, n'oubliez jamais que vous l'avez sauvé à un moment où il ne croyait plus en rien ni en personne. Vous avez fait le bonheur d'un géant alors que vous n'étiez que des enfants, vous pouvez être fiers de vous.

La lune est en train de monter au-dessus des immeubles et je ne peux m'empêcher de verser quelques larmes en pensant que je ne vous reverrai sans doute jamais. Surtout ne soyez pas tristes en me lisant, pensez au bien que vous m'avez fait et souriez à tout ce qui vous attend sur le long chemin de vos existences : des choses magnifiques, j'en suis sûr. Repensez juste de temps en temps à moi, celui qui a croisé un jour, par hasard, votre chemin. Repensez à cela comme à quelque chose de joyeux qui ne s'effacera jamais.

Souriez aux beaux lendemains à venir.

Avec toute l'affection de votre dévoué

Aberoze

Lantos replia la lettre et glissa l'enveloppe dans sa poche. C'était le dernier signe qu'il avait reçu d'Aberoze. Il n'avait jamais su ce qui lui était arrivé par la suite et toutes les recherches qu'il avait entreprises étaient restées vaines. Il conservait le bout de papier contre son cœur.

Il était temps de sortir. Dehors, le soleil ne cessait d'apparaître et de disparaître derrière les cortèges de nuages qui défilaient particulièrement vite. Le vent de l'océan soufflait fort.

Lantos se sentit soudain léger comme cela ne lui était pas arrivé depuis des années. Il avait une impression d'apesanteur. Il était encore pris de légers étourdissements qui lui faisaient presque perdre l'équilibre, mais ce n'était pas désagréable, comme un chatouillement venu de nulle part.

Au carrefour de l'avenue Lax et de sa rue, il tomba nez à nez sur son ange gardien. Celui-ci s'arrêta l'espace d'une seconde, baissa les yeux d'un air gêné, puis détala comme un lapin avant même que Lantos ait le temps d'ouvrir la bouche pour lui adresser la parole. Il regarda dans toutes les directions, l'ange avait disparu.

Quand il arriva à l'arrêt de tramway, il dut s'appuyer contre l'abribus afin de reprendre son souffle, des étoiles dansaient devant ses yeux. Il monta dans le véhicule, acheta un billet et s'assit sur le siège placé juste derrière le conducteur. Cela le soulagea de ne plus être obligé de se tenir debout. Il pouvait désormais s'installer confortablement et contempler par la vitre le chemin qui le mènerait dans peu de temps à la ville haute.

Mais ses pensées l'absorbaient complètement. Allait-il garder son assurance une fois qu'il se retrouverait en face de Martin Rusk, dans son bureau ? Il espérait que ce dernier ne prendrait pas ombrage de cette visite impromptue. Il n'avait pas d'autre choix que de lui expliquer de vive voix quelles étaient ses idées pour remplacer Fryda lors de l'événement au Taromage Palace. Il fallait qu'il lui donne envie, présenter comme une aubaine l'impossibilité de Fryda de participer à l'événement. *Oui, ils avaient tous les deux, ainsi que l'ensemble de Tazière International, gagné au change.* Les clients seraient éblouis par sa prestation et cela allait contribuer à leur faire acheter plus de produits. Tazière International verrait les ventes de ses voitures s'envoler grâce à lui, Lantos, et l'engagerait à nouveau sur d'autres événements, dans des pays étrangers où il ferait sûrement la connaissance de personnes importantes qui l'aideraient. Toutes les histoires de la ville basse lui sembleraient comme un lointain souvenir... Comme une vie antérieure qu'il ne serait pas vraiment sûr d'avoir vécue.

Il remarqua un enfant d'environ six ans qui l'observait de l'autre côté de l'allée. Il n'y avait personne à côté de lui, malgré son jeune âge. Lantos avait l'impression qu'il lui souriait, sans en être vraiment sûr. Son expression était indéchiffrable, un mélange de tristesse et d'étonnement. Il avait des traits réguliers, presque féminins, alors qu'il n'y avait pas l'ombre d'un doute que c'était un petit garçon. De grands yeux verts presque translucides lui donnaient un regard étrange, un peu comme s'il était aveugle.

Le conducteur se mit à parler très fort :

— Je vais devoir stopper le tramway en raison d'un problème technique sur les câbles d'alimentation. Tout le monde descend au prochain arrêt. Pour vous faire rembourser, adressez un courrier à la compagnie des transports de la ville.

Il restait trois stations avant d'arriver à Tazière International. La montée était raide, mais Lantos se dit qu'il pouvait très bien continuer à pied.

En descendant, il trébucha en manquant l'espace qui séparait le marchepied du trottoir et se rattrapa de justesse peu avant de tomber. Il regarda la montée devant lui et fut pris soudain de découragement, le sommet lui paraissait si haut, il se sentait faible et craignait de ne pas y arriver. Le petit garçon qui était assis dans le tramway le précéda et se mit à gravir la rue. Lantos remarqua son buste qui paraissait anormalement long posé sur des jambes très courtes et maigres. La silhouette difforme avançait d'un pas assuré en gravissant la colline. Lantos le suivit.

Au bout de quelques minutes, Lantos se sentit très essoufflé, mais il continua à monter malgré tout. Les vertiges revenaient et il se forçait à rester concentré sur ses pas afin de ne pas avoir de malaise. Il se rendait compte de la chance qu'il avait d'avoir une nouvelle fois un but, une raison de se rendre à la ville haute. Cette fois-ci Martin Rusk ne lui avait pas donné rendez-vous, mais peu importait, dans quelques instants il serait confortablement assis dans son bureau en train d'évoquer les différentes options qui se présentaient à eux pour rendre l'événement de Tazière International le plus attrayant possible. *Quelle chance que tout cela*, se dit-il.

Soudain, le petit garçon qui le précédait d'une vingtaine de mètres environ s'arrêta un instant, se retourna, le dévisagea longuement puis reprit sa marche. Lantos aurait voulu l'appeler, lui demander son prénom et faire un bout de chemin avec lui, mais il avait le souffle court et était incapable de sortir le moindre son de sa gorge. De toute façon, le petit garçon marchait bien trop vite par rapport à lui, et jamais il n'aurait été capable de le rattraper.

Le soleil avait à présent complètement disparu derrière une masse de nuages. Plus il montait, plus il avait l'impression de s'enfoncer dans d'épaisses formes blanches, peut-être allaient-elles le happer complètement. *Se noyer dans les nuages, passer l'éternité dans le ciel à déambuler au hasard.*

Il lui restait environ deux cents mètres avant d'atteindre le bâtiment de Tazière International. Le petit garçon gambadait à présent et semblait l'avoir complètement oublié. Sans comprendre pourquoi, Lantos l'appela de son propre prénom :

— Lantos ! Lantos !

Le petit garçon s'immobilisa puis se tourna vers lui. Il le regardait droit dans les yeux, son visage avait pris une expression très sérieuse. Lantos, tout en continuant à avancer péniblement, le fixait.

Il ferma les yeux un moment et revit le petit lit sur lequel il dormait chez les Soidnell. Les draps étaient toujours imprégnés de cette odeur écœurante d'épices qui flottait chez eux. Puis il fut transporté dans la cachette où il se retrouvait avec Ulli et Noël, juste en dessous des rails. Il revit Ulli qui lui souriait au loin, elle ne l'avait pas entendu quand il avait crié pour la prévenir que le train arrivait... Comment avait-elle pu ne pas l'entendre ? Cela venait encore le hanter chaque nuit. Il n'avait jamais compris pourquoi elle était allée marcher sur les rails ce jour-là... Elle, d'ordinaire si prudente. Avait-elle quelque chose en tête ? Est-ce que la vie chez les Soidnell lui était secrètement devenue insupportable ? Lantos aurait voulu être capable de courir pour rattraper le petit garçon et lui poser de vive voix toutes les questions restées silencieuses en lui depuis si longtemps. Il se disait qu'il aurait peut-être les réponses et les explications à toutes les interrogations qui accompagnaient sa vie. Comment le rattraper ? Le petit garçon devait savoir d'où il venait et toutes les épreuves qu'il avait dû traverser jusqu'à son arrivée à Vera Sol... Il fut soudain persuadé que lui seul détenait les clefs des mystères de son existence.

Le petit garçon marchait de plus en plus vite, Lantos le suivait, il avait l'impression que son cœur allait lâcher, la chemise sous sa veste était toute trempée. Il gravissait la pente avec peine et quand il avait l'impression que toutes ses forces allaient l'abandonner, il s'arrêtait quelques secondes, prenait appui sur ses cuisses avec ses mains, se répétait comme un mantra le but de sa venue dans la ville haute, puis continuait son chemin.

Le petit garçon s'arrêta devant le portail de Tazière International, Lantos vint le rejoindre. Ils se tenaient à présent l'un à côté de l'autre, mais regardaient droit devant eux comme s'ils craignaient de croiser leurs regards. L'agent de sécurité était toujours là, il les dévisagea avec méfiance.

— Est-ce que je peux vous aider? leur demanda-t-il.

Le petit garçon resta silencieux, Lantos répondit :

— J'ai rendez-vous avec Martin Rusk, enfin disons que je viens lui rendre visite... Pour parler d'un événement à venir... Événement auquel je participe, bien sûr...

L'homme regardait Lantos de haut en bas, il recula brusquement :

— Ne vous approchez pas. Je vous demande de respecter les distances de sécurité, monsieur.

— Les distances de sécurité... Mais je ne compte pas vous faire de mal, voyons...

— Je ne vous accuse de rien, monsieur. Je vous demande juste de respecter la loi.

Lantos recula de quelques pas, le petit garçon fit de même.

— Pouvez-vous, s'il vous plaît, informer la secrétaire de Martin Rusk de ma présence?

— Quel est votre nom? lui demanda l'agent de sécurité.

— Lantos Soidnell.

— Dois-je également annoncer la présence de votre fils, monsieur?

Lantos se tourna vers l'enfant, il avait complètement oublié sa présence.

— Ce n'est pas mon fils... Je ne sais pas qui c'est... Il m'a suivi jusqu'ici... Enfin, pour être exact, c'est moi qui l'ai suivi et maintenant c'est lui qui me suit...

Le vigile le dévisageait, perplexe. Lantos reprit :

— C'est compliqué, vous savez... Il répond même quand je l'appelle par mon prénom, comme si c'était moi, vous comprenez ? Mais cela n'a aucune importance et surtout aucun lien avec ma venue ici. Veuillez prévenir Martin Rusk, s'il vous plaît... Lantos Soidnell... Lantos Soidnell désire le voir, merci...

Lantos peinait à trouver ses mots. Il était devenu très pâle, des filets de sueur coulaient sur ses tempes, ses genoux tremblaient. Il s'appuya sur le petit garçon de peur de perdre l'équilibre, celui-ci demeura immobile et baissa la tête.

L'agent de sécurité sortit un talkie-walkie de sa poche, il se couvrait la bouche avec sa main et parlait à voix basse. Lantos attendait en face de lui, le visage implorant. Il n'avait plus la force de jouer au fier, ni de faire preuve de retenue. Il avait capitulé et se montrait tel qu'il était, à nu. Sans regret et sans espoir, si ce n'est celui de retrouver Martin Rusk dans quelques instants. Le petit garçon commença à fredonner une mélodie qui lui était familière, il ne se rappelait plus d'où elle venait, mais la moindre note résonnait en lui et trouvait un écho au plus profond de son cœur. Il se revoyait jouant des heures chez les Soidnell... *Oui, cet air, je le connais par cœur puisque c'est le tout premier morceau que j'ai composé, il y a si longtemps...* Il était parvenu à s'échapper, encore enfant, grâce à la musique, qui l'avait sauvé et lui avait permis de devenir la personne qu'il était aujourd'hui : celle-là même qui attendait, haletante, un rendez-vous avec le chef marketing d'une entreprise d'automobiles de prestige. C'était bien la musique qui l'avait conduit jusqu'ici, la triste bande-son de sa vie qu'il avait toujours entendu jouer dans sa tête, et qu'il avait tenté de traduire en plaquant des accords sur son instrument.

— Martin Rusk n'est pas à son bureau aujourd'hui, veuillez nous excuser, monsieur. Circulez maintenant.

Puis il s'adressa à l'enfant :

— Toi non plus, tu ne peux pas rester ici. Il faut que tu rentres chez toi tout de suite ou je vais devoir prévenir la police.

Le petit garçon lui éclata de rire au nez, il pouffait en se dandinant. Lantos manqua de tomber quand l'enfant se faufila et il fut pris à son tour d'un fou rire incontrôlable. Ils se tordaient dans tous les sens, quand l'un s'arrêtait une seconde, l'autre reprenait de plus belle. L'agent de sécurité les regardait avec fureur, tous les muscles de son visage se contractaient chaque fois qu'il entendait un nouveau rire.

— Ça suffit maintenant, déguerpissez immédiatement. Je peux vous faire embarquer moi, si vous continuez à m'importuner de la sorte.

— Mais je dois voir Martin Rusk ! s'exclama Lantos.

Le petit garçon poussait des cris qui ressemblaient aux glapissements d'un chiot.

— Circulez maintenant ! Vous comprenez, oui ou non ? lui hurla l'agent de sécurité, rouge de colère. Je vous préviens que je vais être obligé d'user de la force. Vous ne voulez quand même pas qu'on en arrive là...

Les personnes qui n'ont pas rendez-vous chez Tazière International ne sont pas autorisées à rester devant le bâtiment. Je suis désolé, monsieur, mais c'est le règlement de l'entreprise.

Lantos cessa de rire tandis que le petit garçon était encore plié en quatre juste devant lui. Il menaça l'agent de sécurité en brandissant le poing :

— Vous dites n'importe quoi ! J'ai un contrat avec Tazière International, moi !

Il perdit l'équilibre et tomba de tout son long sur le trottoir. Le petit garçon vint immédiatement à son secours et l'aida à se relever, puis il agrippa un bout de sa veste et tenta de l'éloigner de l'entrée de l'immeuble. Lantos continuait à hurler :

— Bande de menteurs ! Bande d'ordures, vous me le paierez cher !

Ils étaient déjà engagés sur l'avenue principale et redescendaient la colline l'un à côté de l'autre. Lantos était hagard, il boitait et semblait avoir perdu la vue. Sa veste s'était déchirée dans sa chute et un bout de tissu tombait négligemment le long de ses cuisses. Il était livide, les yeux exorbités. De temps en temps, le petit garçon lui jetait un regard apeuré, qu'il détournait vite.

La pente était si raide que Lantos n'avait plus la force de lutter. Il s'agenouilla sur le trottoir et prit sa tête entre ses mains. Elle tournait si vite qu'il redoutait de perdre connaissance, il essayait en vain de se masser les tempes avec les doigts, mais le mal ne s'estompait pas. L'enfant s'était penché sur lui et lui caressait les cheveux. Il entendit alors un air de mandoline : il se souleva légèrement et vit le petit garçon qui jouait de manière virtuose, le visage concentré. D'où avait-il bien pu sortir l'instrument ? Il ne l'avait pas remarqué tout à l'heure... La musique l'apaisait, lui faisait oublier la douleur, il se perdait en elle.

Il s'allongea sur le bitume et ferma les yeux. Une légère brise soufflait et lui apportait un peu de fraîcheur, il était bouillant de fièvre. Il avait l'impression que la pente s'aplatissait sous son corps et que la ville haute disparaissait. Plus de ville basse non plus. Une étendue et l'infini au bout. Des grains de sable se posèrent au coin de ses lèvres, il était donc de retour dans le désert, là où son histoire avait commencé. Pourtant il parvenait à entendre encore la musique. Avec les forces qui lui restaient, il réussit à ouvrir péniblement une paupière. Le petit garçon était toujours là, juste à côté de lui, concentré sur son jeu. Puis Lantos ferma à nouveau les yeux.

Le désert était vaste, il n'arrivait pas à trouver son chemin. Il faisait chaud et les lendemains n'existaient plus. Il vit un insecte dans le sable. Il voulut l'attraper. *Le scorpion a perdu sa queue, il est immobile, les pattes en l'air, est-il mort ?* Tout se brouillait dans la tête de Lantos. Il était seulement sûr d'être bien arrivé à Vera Sol, un jour, après avoir longtemps cherché son chemin. Mais de ce jour, il ne lui restait rien. Ni trace, ni souvenir.

Il était bel et bien revenu au point de départ. Au moment où le scorpion l'avait piqué. Il saignait un peu. Mais ce n'était pas si terrible que ça. Il avait connu pire souffrance. *Ulli, où es-tu ?* Il aurait voulu savoir combien d'heures, de minutes, de secondes il avait vécu, mais il était sûrement déjà trop tard pour se mettre à compter, mieux valait passer ces derniers instants à contempler l'espace ensablé.

Lantos vit au loin deux silhouettes qui s'approchaient de lui, un homme et une femme. Les formes grandissaient au fur et à mesure et lui faisaient de grands signes, comme ceux que l'on peut faire à un ami perdu de vue et sur lequel on retombe un jour par hasard, au coin d'une rue. Ces silhouettes lui étaient familières, elles étaient déjà apparues, au plus profond de lui-même, quand le venin du scorpion l'avait plongé dans le coma. Dans quelques secondes, elles ne seraient plus qu'à quelques mètres. *Comme un trou dans mon cœur qui laisse passer un air froid et me fait mal à chaque inspiration.*

Puis il les vit s'éloigner : à peine visibles, perdues parmi les dunes de sable. De son bras, l'homme entourait la femme par l'épaule et celle-ci tenait à présent un nourrisson serré contre son cœur.

Et c'est ainsi que Lantos quitta pour toujours l'avenue principale de la ville haute de Vera Sol. Il savait qu'il ne serait plus jamais seul. Le petit garçon à côté de lui avait disparu, on pouvait entendre au loin une mélodie à la mandoline.

DE LA MÊME AUTRICE

ESPÉRANCE MATHÉMATIQUE, L'Arbalète Gallimard, 2012.

28 PARADIS, 28 ENFERS, avec Patrick Modiano et Dominique Zehrfuss, Gallimard, Le Cabinet des lettrés, 2012.

UPSILON SCORPII, L'Arbalète Gallimard, 2013.

LOINTAIN, Gallimard, Blanche, 2017.

PAUVRE CHANSON ET AUTRES POÈMES, L'Arbalète Gallimard, 2018.

Récemment parus dans la même collection

Michèle Audin

Une vie brève

Cent vingt et un jours

Mademoiselle Haas

Comme une rivière bleue

Oublier Clémence

Josée Meunier, 19 rue des Juifs

Gaëlle Bantegnie

France 80

Voyage à Bayonne

Au pays d'Alice

Yamina Benahmed Daho

Poule D

De mémoire

À la machine

Didier Blonde

Carnet d'adresses de quelques personnages fictifs de la littérature

Patrice Blouin

Tino et Tina

Baltern

Zoo : clinique

Pascale Bouhénic

Boxing parade

Lorsqu'il fut de retour enfin

76 façons d'entrer

Camille Brunel
Vie imaginaire de Lautréamont

Thomas Clerc
Paris, musée du XXIe siècle. Le dixième arrondissement
L'homme qui tua Roland Barthes et autres nouvelles
Intérieur
Poeasy
Cave

Zoé Cosson
Aulus

Dante
Vita Nova, nouvelle traduction de Mehdi Belhaj Kacem

Carole Fives
C'est dimanche et je n'y suis pour rien
Une femme au téléphone
Tenir jusqu'à l'aube

Françoise Frenkel
Rien où poser sa tête, préface de Patrick Modiano

Jean Genet
L'atelier d'Alberto Giacometti
Le funambule
Lettres à Ibis
L'enfant criminel
Rembrandt

Hervé Guibert
La mort propagande
Vice
L'Autre Journal
Suzanne et Louise

Pascal Herlem

La sœur

Limoges

Noël Herpe

Journal en ruines

Mes scènes primitives

Objet rejeté par la mer

Jonathan Littell

Le sec et l'humide

Triptyque. Trois études sur Francis Bacon

Marie Modiano

Espérance mathématique

Upsilon Scorpii

Pauvre chanson et autres poèmes

Frédéric Pajak

J'entends des voix, récit écrit et dessiné

Autoportrait, récit écrit et dessiné

J.-B. Pontalis, J.M.G. Le Clézio, P. Auster, P. Aulagnier, M. Dorra, M. Foucault, P. Alferi, F. Cusset

Dossier Wolfson ou l'affaire du Schizo et les langues

Samuel Poisson-Quinton

Un père à la plancha

Sylvain Prudhomme

Là, avait dit Bahi

Les grands

Légende

L'affaire Furtif

Par les routes

Les orages

Agnès Riva
Géographie d'un adultère
Ville nouvelle

Arthur Schopenhauer
Schopenhauer dans tous ses états, dessins de Frédéric Pajak

Joy Sorman
Paris Gare du Nord
L'inhabitable

Zouc et Hervé Guibert
Zouc par Zouc, l'entretien avec Hervé Guibert

Composition PCA / CMB
Achevé d'imprimer par Normandie Roto Impression s.a.s.
à Lonrai, en décembre 2021.
Dépôt légal : décembre 2021.
Numéro d'imprimeur : 2105844.

ISBN : 978-2-07-295238-8 / Imprimé en France.

397611